LES FILLES DE FOLIGNAZZARO

Liste alphabétique complète des

Romans d'Exbrayat

(Masque et Club des Masques)

	Masque	Club des masques
Aimez-vous la pizza?	700	55
Amour et sparadrap	680	21
Les amoureux de Léningrad	1061	157
Les amours auvergnates	1001	506
Au " Trois Cassoulets "	1154	229
Avanti la musica	715	43
La balade de Jenny Plumpett	1481	
Barthélemy et sa colère	854	354
La belle Véronaise	1210	268
Les blondes et papa	727	126
Bye, bye, chérie	1330	562
Caroline sur son banc	1556	
Ce mort que nul n'aimait	625	133
Ces sacrées Florentines	1046	147
C'est pas Dieu possible	1308	544
Cet imbécile de Ludovic	674	85
Chant funèbre pour un gitan	1012	145
Le château des amours mortes	1608	595
Chewing-gum et spaghetti	665	12
Chianti et Coca Cola	897	33
Le clan Morembert	1098	520
Le colonel est retourné chez lui	875	170
Les dames du Creusot	904	398
Le dernier des salauds	958	454
Des amours compliquées	1457	591
Des demoiselles imprudentes	721	369
Des filles si tranquilles	1123	528
Deux enfants tristes	1423	555
Dors tranquille, Katherine	762	286
Les douceurs provinciales	1744	51
Elle avait trop de mémoire	583	27
En souvenir d'Alice	1469	564
Encore vous, Imogène?	753	118
Espion où es-tu? M'entends-tu?	1761	98
Et qu'ça saute!	1750	106
Félicité de la Croix-Rousse	1033	215
Les fiançailles d'Imogène	1176	197
Les filles de Folignazzaro	797	360
Fini de rire, fillette	1512	568
La haine est ma compagne	1634	593
L'honneur de Barberine	1741	
La honte de la famille	831	478

	Masque	Club des masques
Il faut chanter, Isabelle	992	498
Imogène est de retour	706	110
Imogène et la veuve blanche	1406	572
Imogène, vous êtes impossible	801	140
L'inspecteur mourra seul	638	19
J'aimais bien Rowena	1345	575
Joyeux Noël, Tony	1768	63
Ma belle Irlandaise	1719	
Mandolines et barbouzes	1805	80
Marie de nos vingt ans	1380	
Méfie-toi, Gone!	741	67
Les menteuses	1141	223
Les messieurs de Delft	839	312
Mets tes pantoufles, Romeo	1713	597
Mortimer, comment osez-vous?	969	294
Ne vous fâchez pas, Imogène	647	75
Le nez dans la luzerne	1597	
Notre Imogène	1070	165
La nuit de Santa Cruz	592	378
Olé! toréro	788	303
On se reverra, petite	824	47
Le petit fantôme de Canterbury	1392	
La petite fille à la fenêtre	1188	239
Plaies et bosses	919	59
Le plus beau des Bersagliers	779	88
La plus jolie des garces	1728	
Porridge et polenta	1291	345
Pour Belinda	975	393
Pour ses beaux yeux	1167	537
Pourquoi tuer le pépé?	1220	256
Le quadrille de Bologne	1821	102
Quand Mario reviendra	1240	318
Quel gâchis, inspecteur	814	39
Qui veut affoler Martine?	1278	336
Le quintette de Bergame	978	181
Le sage de Sauvenat	1667	
Sainte Crapule	1256	327
Le temps se gâte à Zakopane	1837	92
Ton amour et ma jeunesse	1227	247
Tout le monde l'aimait	1086	205
Trahisons en tout genre	1566	
Tu n'aurais pas dû, Marguerite	1430	585
Un bien bel homme	1116	277
Un cœur d'artichaut	1536	487
Un garçon sans malice	1782	
Un joli petit coin pour mourir	1020	190
Une brune aux yeux bleus	935	71
Une petite morte de rien du tout	893	414
Une ravissante idiote	1826	114
Une vieille tendresse	1645	
Vous auriez pas vu la Jeanne, des fois?	1755	
Vous manquez de tenue, Archibald	872	384
Vous souvenez-vous de Paco?	616	5
Le voyage inutile	925	441

EXBRAYAT

LES FILLES DE FOLIGNAZZARO

LIBRAIRIE DES CHAMPS-ÉLYSÉES

PERSONNAGES PRINCIPAUX

SERAFINA. — *Gouvernante du curé.*

DON ADALBERTO. — *Curé.*

ONESIMO CORTIVO. — *Cafetier.*

DON CESARE. — *Maire.*

ISIDORO AGOSTINI. — *Notaire.*

AGNESE. — *Fille du notaire.*

AMEDEO ROSSATTI. — *Brigadier de carabiniers.*

ELOISA ROSSATI. — *Mère d'Amedeo.*

TIMOLEONE RIZZOTTO. — *Maréchal de carabiniers.*

ILARIO BUSANELA. — *Carabinier.*

EUSEBIO TALAMANI. — *Clerc du notaire.*

GESOLMINA CARAFALDA. — *Postière.*

TERESA, SABINA, EUFRASIA, CLARA et ADELINA. — *Les filles de Folignazzaro.*

L'histoire se passe à Folignazzaro, petit village du Piémont, à quelques kilomètres de Domodossola.

CHAPITRE PREMIER

Tous les matins, lorsqu'elle se levait, dona Serafina adressait une prière fervente au ciel pour lui demander qu'il n'y ait pas de mauvaises nouvelles dans le journal sans quoi elle ne répondait plus du salut de son maître, don Adalberto. Si dona Serafina avait su lire, elle aurait escamoté le *Corrière Lombardo* les jours où la première page s'encombrait par trop d'horreurs et de sottises mais, ne sachant pas lire, la gouvernante se fiait aux photographies qui la trompaient presque toujours, car les gredins avaient des figures d'honnêtes gens et souvent, hélas! les honnêtes gens des visages de bandits. Au surplus, allez donc deviner que ces messieurs si bien habillés, si corrects, se saluant courtoisement, viennent de s'injurier à l'O.N.U. et de se menacer de tous les cataclysmes! La vieille femme maudissait le journal et les journalistes qui mettaient en péril la part de paradis réservée à don Adalberto.

Depuis cinquante-cinq ans, don Adalberto se réveillait à six heures du matin. Il en avait soixante-cinq, pesait soixante kilos, et sous son duvet de cheveux blancs, ressemblait à un vieux poussin qui serait resté trop longtemps endormi dans un œuf oublié. Mais dona Serafina estimait que les soixante kilos de son maître se composaient d'un mélange à parts égales de bonté et de méchanceté, de charité et de violence, en bref d'un salmigondis de tous les sentiments pouvant agiter un homme, sauf la douceur. Il y avait quelque trente années que dona Serafina soignait don Adalberto et elle n'était pas plus renseignée sur son compte que le jour où elle entra à son service. Ce dont elle souffrait le plus c'est que, quoique septuagénaire, il lui parlait comme à une fillette privée de raison. Tout de même, elle l'aimait bien et si quelqu'un s'était avisé de vouloir le moindre mal à son maître, elle serait morte pour le protéger.

Dans son lit où hiver comme été, il disparaissait sous une couette rapiécée qu'il tenait de sa mère, don Adalberto revenait à la conscience du monde selon un rite immuable. Il commençait par ouvrir l'œil gauche (son meilleur) et par la fenêtre sans rideau, inspectait le ciel. S'il était dégagé, il relevait la paupière droite, sortait ses mains maigres, et les joignait pour une courte oraison de remerciement à Celui qui créa le soleil et les matins clairs. Si, au contraire, la voûte céleste apparaissait grise, maussade, il refermait l'œil gauche et refusait toute action de grâce. C'était sa manière à lui de protester contre Celui qui inventa le mauvais temps et toutes les misères des hommes. Dans les deux cas, cependant, il se levait au bout d'un quart d'heure, se lavait à l'eau froide, se rasait avec un antique rasoir dont le reste de lame usée ressemblait à un spaghetti aplati. Puis il endossait ses habits soigneusement brossés et rangés sur l'unique chaise de sa chambre blanchie à la chaux. Ensuite, il passait à la cuisine où Serafina l'attendait pour lui servir un bol de café noir.

Sitôt qu'il pénétrait dans la cuisine tenant lieu de salle à manger et de salle de réception, don Adalberto attaquait avec un rire grinçant.

— Alors, ma bonne Serafina, tu n'es pas morte cette nuit? J'en suis bien aise! Le Bon Dieu t'aura encore oubliée...

La vieille femme avait horreur de ce genre de plaisanterie, car elle redoutait la mort, persuadée qu'elle n'était pas assez savante pour aller prendre place parmi les docteurs de la Loi, les anges, les saints et les martyrs. Elle s'imaginait le paradis comme une administration fortement hiérarchisée où les préfets portaient des auréoles. La méchanceté de son maître tarissait sur ses lèvres toutes les bonnes choses tendres qu'elle avait préparées à son intention. Elle en bougonnait de dépit et de rancœur. Elle prenait son petit déjeuner debout, d'abord par déférence, ensuite par rancune. Lorsque don Adalberto en avait terminé avec son frugal repas, venait la question qu'elle redoutait entre toutes :

— Tu as le *Corrière Lombardo?*

Selon que les photographies lui avaient inspiré plus ou moins de crainte, elle le trouvait tout de suite ou bien feignait de le chercher longuement, ce qui irritait fort son maître rompu à un manège ancien.

— Tu te décides, oui ou non, Serafina?

Ce jour-là, la gouvernante dénicha le journal sous un amoncellement où elle l'avait dissimulé dans l'espoir toujours vain et toujours nourri que don Adalberto n'y penserait pas. Elle le tendit à son maître comme elle lui aurait passé un immondice, car il y avait en première page des photographies d'explosions de bombes atomiques et la désintégration de l'atome avait, entre autres pouvoirs, celui de faire éclater de fureur don Adalberto. Sitôt qu'il eut jeté les yeux sur le journal, il cogna du poing sur la table et grommela des injures qui obligèrent Serafina à se signer discrètement.

— Alors, tu vois? Le Seigneur leur a encore permis de faire péter leur bombe, hein? On dirait qu'Il tient absolument à ce que ces imbéciles fassent sauter la planète! Mais enfin, ne pourrait-Il nous donner un coup de main, à nous les gens sensés? Un petit miracle de rien du tout et hop! plus aucune bombe n'éclaterait, les savants perdraient la mémoire de leurs calculs, tout serait à refaire et Il s'arrangerait pour que rien ne se puisse refaire! Ce n'est quand même pas difficile! Il ne doit pas se rendre compte le Bon Dieu qu'Il est en train de faire perdre la foi à bien des braves types qui sont persuadés que le Diable est sur le point de gagner la seconde manche à Ses dépens!

Repoussant brutalement sa chaise, don Adalberto se précipita dehors sans même songer à se couvrir la tête. Dès que la porte se fut refermée sur lui, dona Serafina tomba à genoux pour supplier le Seigneur d'avoir encore un peu de patience envers son maître qui depuis trente ans se querellait avec Lui, bien qu'il Le servît tout de même et de toute son âme, car, depuis trente ans, don Adalberto était curé de Folignazzaro, un bourg du Haut Piémont où il était né et dont les habitants, presque tous cultivateurs, vivaient chichement en se tuant à la peine.

A la sacristie, dont les murs crevassés laissaient passer des rayons de soleil illuminant les humbles objets, don Adalberto revêtit ses vêtements sacerdotaux, aidé par Teofrasto, l'enfant de chœur qui était depuis si longtemps habitué aux sautes d'humeur du prêtre qu'elles le laissaient indifférent.

— Teofrasto, je vais la célébrer la messe et pourtant je n'y ai pas le cœur, tu peux me croire! Qu'est-ce que tu marmonnes? Rien? Tu fais aussi bien parce que je te tournerais une gifle qui risquerait de te fendre la tête en deux tellement je suis énervé! Parfaitement! je vais la lui dire Sa messe et j'y mettrai tout mon cœur, comme d'habitude, pour Le mettre en colère! Peut-être se figure-t-Il qu'à force de laisser commettre toutes les saloperies sur la terre, à force de donner toujours la victoire à ceux qui Le méprisent le plus, il finira par nous dégoûter nous qui L'aimons? Eh bien! écoute ce que je te dis, Teofrasto, et ne prends pas cet air idiot qui me fait penser à ton père : le Seigneur Se trompe s'Il S'imagine qu'on L'abandonnera. Il n'a pas renoncé Lui quand Il grimpait au Golgotha sous les coups et les insultes, alors pourquoi nous nous arrêterions en chemin, nous? Et qu'est-ce que tu attends toi, Teofrasto, bon à rien, malheur de ta mère, honte de Folignazzaro, pour ouvrir la porte de l'église et entrer afin d'imposer silence à ces païens que j'entends bavarder d'ici comme s'ils étaient chez cet impie fornicateur d'Onesimo Cortivo où ils vont tous se saoûler le dimanche? Et n'oublie pas en sortant d'aller demander à Serafina le billet de vingt lires que j'ai mis de côté pour toi. Et maintenant, en avant! Mais je t'avertis que si tu te prends encore les pieds dans le tapis du maître-autel, comme hier, je te colle un tel coup de pied aux fesses que tu traverses le mur de l'église et que tu t'en vas mourir sur la place, écrabouillé!

Précédant don Adalberto (qui n'avait jamais oublié son temps de service militaire chez les Alpini), Teofrasto fonça dans le chœur si vite que la porte revint cogner sur le prêtre avant qu'il en ait franchi complètement le seuil. Par respect pour le lieu, don Adalberto retint l'injure lui montant aux lèvres, mais comme la scène suscitait un certain émoi joyeux dans l'assistance d'une dizaine de personnes, dont huit vieilles, une jeune et un vieux, le curé s'arrêta au pied de l'autel et fit face à ses ouailles, rageur :

— Vous tenez à ce que je vous rappelle au respect des convenances, impies! huguenots, communistes! fascistes! C'est toi Leonardo qui mène le chahut comme autrefois sur les bancs de l'école où tu as failli rendre folle la pauvre sœur Cunegonda? Mais moi, je ne suis pas Cunegonda! Et si tu ne te tiens pas tranquille, je te flanque une râclée à la sortie ou je t'excommunie, à toi de choisir!

Sans attendre une réponse improbable, car le vieux bavotant auquel il s'adressait était sourd depuis plus de vingt ans, don Adalberto grimpa jusqu'à l'autel comme on montait jadis à l'assaut.

Tandis que don Adalberto s'empoignait avec le Confiteor, la porte de la maison de maître Agostini, la plus belle du pays, située à l'entrée du village en venant de France, s'entrebâillait doucement et Agnese, la fille unique du tabellion, se glissait furtivement dehors, un châle sur la tête et les épaules. Elle prit par derrière, à travers les jardins en terrasses pour gagner la maison brinquebalante de la veuve Rossatti. Arrivée à la porte donnant sur la cuisine, elle frappa doucement. Elle entendit le pas lourd de dona Eloisa (la chère femme pesait dans les cent quatre-vingts livres) s'en venant voir qui osait la troubler de si bonne heure. En reconnaissant la jeune fille, le visage d'Eloisa Rossatti, d'ordinaire paisible, se figea comme de la gelée de veau sous l'action du froid vif, tandis qu'à la regarder aller chercher on ne sait où une aspiration qui n'en finissait pas, il s'avérait facile à deviner que dona Eloisa s'apprêtait à se lancer dans une de ces véhémentes diatribes qui, depuis près de trente années, la rendaient célèbres à dix lieues à la ronde de Folignazzaro.

— Toi!... Toi, Agnese Agostini!... Comment oses-tu te présenter dans une maison où la mort rôde à cause de toi? En prison, voilà où tu devrais être! Mais, je parlerai à Timoleone et on t'y jettera en prison parce que personne, pas plus toi que les autres, n'a le droit de briser le cœur d'un garçon qui est l'orgueil unique de sa pauvre mère!

Epouvantée, Agnese balbutia :

— La mort?...

— Eh! misère de moi, mon Amedeo, il parle que de mourir, que sans toi la vie ne lui dit plus rien, qu'il peut pas supporter l'idée qu'un autre que lui te fasse des enfants, que tu lui appartiens et que si tu consens à revenir, il se contentera d'égorger ton père et son damné clerc...

— Jésus-Maria!

— Mais que si tu t'obstines dans ta mauvaise foi, alors il fout le feu au village après s'être pendu... ou avant, je me rappelle plus très bien. En tout cas, quelque chose de terrible! Tu le connais, mon Amedeo... Tout mon portrait!...

Agnese fondit en larmes.

— Serais-tu moins mauvaise que tu le parais, mon agnelle de Dieu, eh? Enfin, par Jésus parlant sur Sa Croix, tu l'aimes ou tu l'aimes pas, Amedeo?

— Et comment voulez-vous que j'aime un garçon qui veut égorger mon père et brûler Folignazzaro?

— N'éxagérons pas, tout de même... eh? Tu sais comme je suis... Je parle, je parle et au fond, je dis plutôt comment j'agirais à sa place... Mais lui, oh! Sainte Mère, Vous qui avez eu votre divin Fils tout saignant sur vos genoux, Vous me comprenez... Ma qué! il ressemble plus à rien... Un fantôme... Il traîne de la cuisine à la chambre, de la chambre à la cuisine... Si encore il mangeait! Ma qué! pas moyen de le persuader d'avaler quoi que ce soit! Des forces, il en a quasiment plus et quand il se passe le fusil à l'épaule, c'est tout juste si le poids le fait pas tomber sur le dos... Une pitié, Agnese! Si tu le voyais, t'aurais pas assez d'yeux pour pleurer toute ta honte d'avoir mis dans cet état un homme qui sous son uniforme de brigadier des carabiniers était le plus beau garçon d'ici à Milan! Maintenant, j'ai peine à le dire mais dans sa culotte on y mettrait deux derrières comme celui qui lui reste... et à cause de toi, maudite! damnée! sorcière! Ma qué! si mon petit meurt, je t'étrangle de mes mains, t'entends? De mes mains!

— Mais je l'aime, dona Eloisa! je l'aime votre Amedeo!

— Tu l'aimes, malheureuse, et partout on raconte que tu vas épouser cet Eusebio Talamani qu'on sait même pas d'où qu'il sort!

— Mon père l'exige!

— Quand on aime, on se fiche pas bien mal de tout ce que les autres peuvent commander, ordonner, exiger! Tiens, quand je me suis mariée avec défunt Rossatti, sa famille voulait pas de moi, mais il m'aimait bien et moi aussi je l'aimais bien. Alors un soir, à la veillée, puisqu'il voulait pas parler, je suis allée chez les Rossatti et je leur ai craché tout ce que j'avais sur le cœur, et puis j'ai pris mon homme par la main et je l'ai emmené en déclarant : il est venu tout nu dans cette maison, il en repartira de même! Demain, je vous renvoie ses vêtements! Le lendemain, tous les Rossatti se sont amenés pour me supplier d'être leur bellefille!

— Je n'ai pas votre force, dona Eloisa...

— Et puis t'aimes pas Amedeo comme j'aimais mon Gianni!

— C'est vous qui le dites!

— Je le dis parce que je le sais! Les petites, les matrues, les maigrichonnes ça peut pas aimer comme les autres, les costaudes! Mais, malheureusement, si mon cœur battait dans ta poitrine, on te verrait sauter sur place tant il te secouerait! Et à part ça, tu le maries ou tu le maries pas mon Amedeo, eh?

— Papa ne veut pas...

— Va-t'en!... Va-t'en, que si je te saute dessus je t'aplatis comme une crêpe! Et préviens ton père que s'il arrive quoi que ce soit à mon enfant, je lui arracherai les yeux et tout le pays m'approuvera! A présent, un conseil, Agnese! T'avise pas de revenir dans le coin, parce qu'ici, dans le haut, nous sommes pas pour faire des bonnes manières aux dévergondées, aux filles sans pudeur, aux traîne-partout!

— Oh!... c'est... c'est moi que... que vous traitez de... de...

— Ma qué! comment tu appelles une fille qui s'amuse avec plusieurs hommes, eh?

***

Suffoquée par les larmes, la honte, la peur et le remords, Agnese dévala vers la partie basse de Folignazzaro et la vieille Eleonora —

la laveuse — en la voyant passer hocha tristement la tête et confia à son chat Annibal :

— Chez ces Agostini, il y a toujours eu des piqués... Je crains bien que cette pauvre Agnese soit l'idiote de la génération.

Si le notaire n'avait pas pris conscience de l'absence de sa fille, il n'en était pas de même de dona Desiderata, son épouse, qui guettait le retour d'Agnese à travers le judas de la porte donnant sur le jardin. Quand elle la vit arriver trébuchante, sanglotante, elle oublia ses intentions prudentes et se mit à crier parce qu'à Folignazzaro on ne sait rien dire sans crier.

— Agnese, lumière de mes yeux, qu'est-ce que tu as?

La jeune fille s'effondra en hoquetant de désespoir sur la poitrine sèche de la maigre dona Desiderata. Elle parvint, cédant aux objurgations maternelles, à raconter la scène l'ayant mise aux prises avec Eloisa Rossatti, ce qui eut pour effet de calmer un instant les inquiétudes de la notairesse pour la faire céder à la colère.

— Cette Eloisa, une calamité de Dieu! Ah! je comprends que son défunt mari ait préféré mourir plutôt que de vieillir auprès d'elle! Mais elle aura de mes nouvelles! Elle a beau ressembler à un éléphant, je suis encore capable de lui rentrer ses méchancetés dans la gorge!

Agnese ne se sentait point, pour l'heure, encline aux représailles.

— Ma qué! mama mia, tu ne comprends donc pas qu'Amedeo est presque mort? Mon Amedeo!

Le hurlement de Desiderata manqua faire s'entailler profondément maître Agostini occupé à se raser et qui jura de belle manière mais, en homme pieux, il récita aussitôt une courte prière pour obtenir de son ange gardien qu'il oublie ce qu'il venait d'entendre. Cependant, comme don Isidoro, lui, n'appartenait pas à la catégorie angélique, il ne pouvait se permettre de perdre la mémoire du cri qui lui était parvenu et en chef de famille conscient de ses devoirs, il descendit au rez-de-chaussée se rendre compte de ce qui se passait. De l'escalier, il perçut la plainte déchirante de sa femme :

— Mort, un si beau garçon! Mort d'amour pour mon Agnese! C'est affreux! Ma pauvre chérie! Comment s'est-il suicidé? J'espère qu'il s'est pendu? C'est tellement plus romantique...

— Qui donc est mort et dont la disparition t'incite à imiter les sirènes des navires en détresse, Desiderata?

La voix de son mari arracha la notairesse à l'ambiance dramatique où elle évoluait spirituellement avec tant d'énergie. Elle se tourna vers son époux et d'un ton où la gravité le disputait au désespoir, elle annonça :

— Tu peux courir te jeter aux pieds de don Adalberto, Isidoro, et lui confesser ton forfait. Il faudra t'estimer heureux s'il se contente de t'envoyer pieds nus à Santa Maria Maggiore en portant un cierge de cinq livres dans chaque main!

Abasourdi par cette éventualité cadrant mal avec sa dignité de notaire et son goût de la mortification, don Isidoro grogna :

— Tu es folle ou quoi, Desiderata?

— Folle de honte, oui, à l'idée que je suis la compagne d'un assassin et que Dieu peut me faire partager le poids de ton crime!

Le notaire examina son épouse avec une inquiétude non dissimulée.

— De quel crime parles-tu?

— Tu as tué Amedeo Rossatti!

— Moi?

— Tu l'as conduit au suicide, ce qui est la même chose!

Don Isidoro marqua le coup.

— Amedeo est mort?

— Parce que tu lui as refusé la main de ta fille qui l'aimait et qu'il aimait!

C'est alors qu'intervint Agnese encore gonflée de larmes.

— Je ne t'ai pas dit qu'Amedeo était mort, mama, mais qu'il désirait mourir parce qu'il ne voulait pas que mes enfants aient un autre père que lui.

Desiderata qui n'en était pas à une nuance près, prit son mari à témoin :

— Tu entends? Tu aurais voulu, toi qu'Agnese ait eu un autre père que toi?

La logique de sa femme s'affirmait, depuis vingt-sept ans, pour don Isidoro, un abîme dont il désespérait de connaître jamais l'ampleur.

— Je ne vois absolument pas le rapport! et je ne vois pas davantage pourquoi je donnerais ma fille à un garçon sans le sou, uniquement parce qu'il n'entend pas qu'Agnese ait des enfants d'un autre que lui! et si tu veux mon sentiment, Desiderata, j'estime que cet

Amedeo manque totalement d'éducation et de discrétion!

En écho à cette affirmation péremptoire, Agnese émit un gémissement si lugubre que Giuditta Schiavoni, la voisine des Agostini, tomba à genoux pour se préparer à bien mourir, persuadée qu'elle venait d'entendre sa défunte mère morte depuis vingt-deux ans et qui l'invitait à la rejoindre. Le notaire détestait ce genre de manifestation auquel se livrait sa fille.

— Ça suffit, Agnese! Tu déconsidères la famille! Tu n'épouseras jamais Amedeo Rossatti et dès aujourd'hui, je demande la publication des bans de ton mariage avec Eusebio Talamani!

Sur cette promesse définitive, don Isidoro tourna les talons et remonta dans sa chambre pour achever sa toilette, tandis que dona Desiderata, mêlant ses plaintes à celles de sa fille, donnait à croire aux passants que toute une meute hurlait à la mort chez les Agostini.

***

De caractère heureux — surtout depuis la mort de sa femme — Timoleone Rizzotto remerciait chaque matin la Providence d'avoir fait de lui un maréchal de carabiniers et plus encore à Folignazzaro, son village natal où, en dépit des règlements, et grâce à des appuis politiques, il avait été nommé au lendemain de la guerre. Timoleone était un gros homme court sur pattes et qui chaque année changeait de ceinturon pour en prendre un plus grand. Il devait à cet embonpoint l'horreur des mouvements inutiles, des hâtes excessives et des émotions violentes. Il professait, avec une lippe gourmande qu'aucun événement au monde ne saurait le distraire d'une busecca (1) bien réussie et qu'il ne voyait pas ce qu'il pouvait y avoir de plus important dans cette vallée de larmes qu'une « polenta e osei » (2) ou la dégustation paisible de panettoni (3) moelleux. Fier de son expérience, il proclamait à qui voulait l'entendre qu'il était impossible de boire quelque chose de plus joyeux que le Grumello, ce petit vin rouge possédant le goût des fraises dont il a la couleur. Tant qu'elle vécut, dona Maria Rizzotto parvint à maintenir l'appétit de son mari dans des limites raisonnables. Lorsqu'elle rendit son âme pieuse au Créateur, Timoleone versa quelques larmes convenables, mais poussa un soupir de délivrance, conscient qu'il allait pouvoir manger à sa faim. Mettant les bouchées doubles pour rattraper le temps perdu, il était devenu rapidement une sorte de masse boudinée par son uniforme. Sortir lui devenait un supplice et il aspirait aux paresseuses douceurs de la retraite.

En dépit de son volume, Timoleone était coquet de sa personne. Avant d'attaquer son petit déjeuner, il se livrait à une toilette minutieuse et s'inondait d'une lavande qu'il fabriquait lui-même. Puis, le sourire du dévot éclai-

(1) Tripes au bouillon.
(2) La polente aux petits oiseaux.
(3) Brioche aux raisins et fruits confits.

rant sa figure bonasse, il se préparait au rite immuable du petit déjeuner. Pour savourer plus longuement son plaisir, il préparait tout lui-même. Généralement, il commençait par une tranche épaisse de mortadelle de Bologne que suivaient des œufs brouillés, et des olives noires. Il terminait ce premier service par un morceau de caciocavello (1) qu'aidaient à glisser un ou deux verres de Grumello. Après, en bras de chemise, il s'accordait un repos bien mérité en fumant une cigarette. Ensuite, il déjeunait avec un bol de café crème et des brioches que Marenzi le boulanger avait mission de lui apporter tous les matins à heure fixe. Le moindre retard ou la plus légère avance mettait le carabinier de méchante humeur.

Timoleone, la dernière miette de brioche avalée, lavait sa vaisselle, se nettoyait soigneusement les mains, enfilait sa tunique, ceignait son ceinturon, et passait l'appel de ses troupes — le brigadier Rossatti et le carabinier Busanela. Apprenant de leurs bouches qu'il n'y avait rien à signaler, il attendait l'arrivée d'un improbable courrier en somnolant ou en rêvant à ce qu'il allait se mijoter pour son repas.

Ce matin-là, ayant lesté son estomac de fort belle façon et procédé aux soins du ménage comme de sa personne (Timoleone vivait seul, refusant l'aide de toute femme de ménage car depuis la mort de son épouse il donnait libre cours à une mysoginie étouffée trop longtemps), il appela ses troupes. Seul le carabi-

(1) Fromage à pâte sèche.

nier Ilario Busanela se présenta. C'était un homme sec comme une trique et déjà sur l'âge. En sortant du régiment, il avait hésité à devenir carabinier ou perceur de coffre-fort — métier pour lequel il savait posséder d'intéressantes aptitudes — et s'il avait opté pour les carabiniers, c'est tout simplement parce que chez les carabiniers on touchait une retraite. La vue d'Ilario exaspérait Timoleone. La maigreur de cet homme, son teint bilieux, son air triste lui paraissaient une sorte de provocation incessante et cette conviction le rendait injuste à l'égard du malheureux.

— Votre rapport, carabinier?

— Rien à signaler, maréchal...

— Où est le brigadier?

— Il est allé coucher chez sa mère et n'en est pas encore revenu.

— Il en prend un peu trop à son aise, celui-là! Il est temps que je le rappelle au respect du règlement. Ma qué! pour qui se prend-il, ce Rossatti, eh?

— Pour un brigadier, maréchal.

— Et moi, alors?

— Pour un maréchal, maréchal.

— Et d'abord, qui vous a demandé votre avis?

— Vous, maréchal.

— Parfait! Vous laissez entendre, si je vous comprends bien Busanela, que je suis un imbécile qui ne se rappelle ni ce qu'il fait ni ce qu'il dit?

— Non, maréchal.

— Et si je vous collais quatre jours, qu'est-ce que vous en penseriez?

— Je n'en penserais rien, maréchal.

— Pourquoi?

— Parce que je ne suis qu'un simple carabinier, maréchal.

— Tiens! tiens!... alors Busanela, soyez franc, si vous étiez comme moi, maréchal des carabiniers, mon égal quoi : que me diriez-vous?

— Je vous dirais : merde, maréchal.

Depuis onze ans qu'Ilario Busanela vivait à Folignazzaro, sous ses ordres, Timoleone ne parvenait pas à décider si son carabinier était idiot ou s'il feignait de l'être. Ainsi, cette grossièreté qu'Ilario venait de lui lancer à bout portant s'affirmait aussi bien la réponse vengeresse d'un type intelligent profitant astucieusement de la permission donnée, ou celle d'un imbécile parfait, exprimant tout bonnement ce qu'il estimait être le privilège du grade. Timoleone enrageait de ne pouvoir incliner dans un sens ou dans l'autre et d'être sans cesse obligé, dans la crainte de commettre une injustice répugnant à son bon gros cœur, de réfréner une colère terrible qui mettait sa digestion en péril.

— C'est bon! Mais, la prochaine fois, vous attendrez d'y être instamment convié, pour faire connaître votre opinion. Et maintenant, allez monter la garde, moi, j'ai à travailler!

Le carabinier sorti du bureau, Timoleone se glissa dans la cuisine où, ôtant sa tunique et ceignant sa jolie bedaine d'un tablier bleu, il entreprit les préparatifs *d'ossobuchi alla milanese* dont la seule idée lui mettait déjà l'eau à la bouche. Comme le général inspectant ses troupes avant de les lancer à l'assaut, Timoleone contempla sur la planche où il les avait posées les rondelles de jarret de veau avec l'os à moelle, la farine, le vin blanc, la sauce tomate, l'ail, l'anchois, le persil, le zeste de citron et le beurre. La narine dilatée pour humer des odeurs imaginées et dont il s'enivrait à l'avance, le maréchal de carabiniers frotta ses mains l'une contre l'autre, geste bénin mais qui témoignait chez lui d'une jubilation intense. Histoire de s'éclaircir les idées et de s'assurer que le vin blanc se révélait assez sec pour remplir son office, il en but un verre et s'en déclara satisfait. Alors, tel le prêtre officiant, Timoleone, avec des mouvements onctueux, farina ses ossobuchi et leur fit prendre couleur dans la casserole parfaitement beurrée. Puis, il versa le vin blanc qu'il laissa évaporer, ajouta un peu de bouillon, une belle quantité de sauce tomate et quand il jugea le feu réglé convenablement, il posa le couvercle sur le récipient, s'enfonça dans son fauteuil (aucune chaise ne pouvant le supporter) et croisant ses mains sur son ventre — vieux Silène méditant — il attendit, l'esprit engourdi dans une quiétude gourmande.

***

Assis à califourchon sur une chaise, sur le dossier de laquelle il reposait ses avant-bras et qu'il avait installée juste à droite de l'entrée du poste de police, Ilario Busanela goûtait l'indicible joie, éprouvée par les âmes simples, de ne penser à rien. Les paupières mi-closes, il mâchonnait un morceau de chique, crachait à intervalles réguliers en s'efforçant à la précision la plus grande et se laissait vivre. Soudain, il se redressa en voyant venir droit sur lui la signora Rossatti qui, de loin, paraissait fort agitée. Ilario se leva péniblement, déplia ses longues jambes et avait presque repris une attitude correcte lorsque dona Eloisa fut sur lui.

— Ilario, où est Timoleone?

— Il travaille.

— Ça m'étonnerait! Il n'a jamais travaillé de sa vie, c'est pas à son âge qu'il va s'y mettre, eh?

— Il ne veut pas être dérangé.

— Eh bien, Ilario, compte sur moi : il le sera!

— Je peux pas le permettre, signora!

Tout en annonçant sa résolution, le carabinier se plaça bras et jambes écartés devant l'entrée du poste.

— Tu parles sérieusement, Ilario?

— Avec votre permission, signora.

Eloisa s'approcha d'Ilario à le toucher et d'un ton apitoyé :

— Tu penses vraiment que tu peux m'empêcher d'entrer?

Il y avait juste une heure que les ossobuchi cuisaient et Timoleone s'apprêtait à poursuivre les opérations de stratégie culinaire imposées par une préparation ne souffrant pas la médiocrité, lorsqu'un fracas le fit sursauter. Oubliant de retirer son tablier et de poser la longue fourchette à deux dents qu'il tenait à la main, il se précipita dans son bureau qu'il traversa en trois enjambées pour ouvrir la porte du poste de garde où le spectacle l'y attendant le fit béer d'étonnement. Ilario Busanela était assis sur l'armoire aux dossiers, une place qu'il n'aurait pu normalement atteindre autrement qu'en empruntant une chaise. Or, il n'y avait pas de chaise près de l'armoire et l'attitude du carabinier, son hébétude plus apparente encore que de coutume, témoignaient d'un événement hors du commun. Le maréchal connaissait depuis toujours la signora Rossatti et il ne s'y trompa pas. Sans colère mais d'une voix pleine de reproches, il s'enquit :

— Qu'est-ce que tu as encore fait, Eloisa?

— Il prétendait ne pas me laisser entrer, ce clown!

Timoleone, oubliant son tablier et sa fourchette à rôti, se redressa, sévère.

— Eloisa, tu n'as pas le droit de parler de cette façon à un homme qui est revêtu du même uniforme que ton fils! Tu portes atteinte à la dignité du corps des carabiniers!

— Et toi, Timoleone?

— Moi?

— Peut-être, tu estimes que c'est une tenue pour imposer le respect de la loi?

Prenant alors conscience de son accoutrement, Timoleone rougit jusqu'aux oreilles.

— Le scandale que tu as causé m'a surpris en plein travail de recherche, enfin d'études...

— Je vois!

— Et puis, tu n'as pas à te mêler de la manière dont je passe mon temps lorsque je suis chez moi, Eloisa Rossatti! Je ne sais qu'une chose : il y a des règlements qu'Ilario a la charge de... D'abord, pourquoi est-il là-haut, Ilario, eh?

— Timoleone, je t'en prie, ne fais pas l'idiot. Je t'ai déjà dit qu'il n'avait pas voulu me laisser entrer.

— Ça n'explique pas sa position?

— Je l'ai un peu écarté.

— Un peu... eh?

— Ma qué! il pèse rien cet homme!

— Ce n'est pas une raison! Quant à toi, Ilario Busanela, tu es la honte des carabiniers!

Du haut de son armoire, Ilario qui revenait à un sens exact des réalités l'entourant, interrogea :

— Et pourquoi, maréchal?

Timoleone prit la visiteuse à témoin :

— Tu entends, Eloisa? Dans la position où il se trouve, il ose me demander pour quelles raisons j'estime qu'il ne fait pas honneur à son uniforme!

Baissant les yeux et pleine d'une hypocrisie qui aurait ôté son sang-froid à un pasteur presbytérien, la signora Rossatti approuva :

— Les hommes d'aujourd'hui ne valent pas leurs aînés, Timoleone!

Busanela tenta de protester faiblement :

— Mais, maréchal, c'est elle qui...

— Et alors? Tu te crois capable de veiller à l'ordre et, parce qu'une femme énervée te bouscule légèrement, tu t'en vas te réfugier sur le haut d'une armoire?

— J'y suis pas allé, c'est elle qui m'y a envoyé!

— A ta place, je ne m'en vanterais pas! Descends! et inscris sur le registre les deux jours d'arrêt de rigueur que je te colle! Pour toi, Eloisa, il faut que tu enfonces dans ta caboche, que les lois sont faites pour être respectées et les ordres pour être suivis! Et je trouve scandaleux de me voir dans l'obligation de le rappeler à la mère du brigadier Amedeo Rossatti! et, à propos, où est-il encore celui-là?

Rappelée à ses préoccupations, Eloisa gémit :

— C'est de mon fils justement que je voulais te causer, Timoleone!

— Ah?... c'est grave?

— Pire!

— Ah?... Dans ce cas entre dans mon bureau.

Ils s'installèrent, laissant le carabinier Busanela à ses exercices montagnards, dans la petite pièce où le maréchal était censé étudier les problèmes que risquait de lui poser le souci du maintien de l'ordre à Folignazzaro.

— Assieds-toi, Eloisa, cesse de pleurer parce que tu ressembles à un gorgonzola souffrant de la chaleur et dis-moi ce que fabrique ton fils au lieu d'être ici où son devoir l'appelle?

— Timoleone, tu insultes une mère malheureuse!

— C'est toi?

— Oui, c'est moi! et mon Amedeo t'es pas prêt de le revoir!

— Par Saint Joseph, a-t-il déserté?

— C'est tout comme!

— Eloisa, prends garde à tes paroles! Ce n'est pas le moment de plaisanter!

— Parce que tu t'imagines, gros sans cœur, que j'ai envie de plaisanter alors que mon Amedeo est en train de mourir?

Timoleone aimait bien Amedeo. La nouvelle le frappa de stupeur.

— Mourir? Mais, de quoi?

— D'amour!

Rassuré, le maréchal Rizzotto poussa un soupir de soulagement.

— Si ce n'est que ça...

— Que ça? Ma qué! malheureux! c'est pas parce que tu as jamais été capable d'un sentiment honnête, qu'il faut penser que tous les autres sont à ton image! Mon Amedeo c'est Roméo réincarné! et parce que sa Giulietta va en épouser un autre, il se laisse mourir!

— Il n'en a pas le droit! Il est brigadier de carabiniers! Sa vie, il la doit à l'Etat!

— Au point où il en est, il se fout de l'Etat!

— C'est du propre! un carabinier qui donnait les plus grandes espérances! je comptais sur lui pour devenir un sous-officier et qui sait? peut-être qu'un jour il aurait été officier? Et au lieu de songer à sa carrière, cet imbécile pleurniche parce qu'Agnese Agostini préfère se marier avec Eusebio Talamani, le clerc de son père! Eloisa, je vais te dire une bonne chose : il n'y a plus d'hommes.

— Et c'est tout ce que tu trouves pour me consoler?

— D'abord, ton fils ne mourra pas, mais il va récolter huit jours d'arrêt de rigueur pour lui enseigner à ne pas prendre son métier par-dessous la jambe! ensuite, tu as toujours été une femme à histoires et l'âge ne t'améliore pas. Et pourtant, Eloisa, tu n'ignores pas l'estime que je nourris envers ta personne?

La signora Rossatti se rengorgea avant de roucouler.

— Je le sais, Timoleone...

— Eh bien! c'est au nom de cette estime, Eloisa, que je puis t'assurer que tu es, que tu as toujours été et que tu seras jusqu'à ton dernier souffle une enquiquineuse.

Déroutée par ce raisonnement dont la logique inattendue la laissait sans voix, Eloisa resta la bouche ouverte ce dont le maréchal profita pour ajouter :

— Enfin, qu'est-ce que tu voudrais que je fasse pour obliger Agnese Agostini à aimer ton garçon?

— Ma qué! elle l'aime!

— C'est toi qui le dis!

— Non, c'est elle! Elle est même venue jusque chez moi pour me le confier, pas plus tard que ce matin!

— Alors, qu'elle l'épouse!

— Elle, elle voudrait bien, c'est son père, cet imbécile d'Isidoro qui s'y oppose!

— Agnese est majeure!

— Tu sais très bien que chez nous les filles sont jamais majeures!

— Alors, qu'elle obéisse à son papa!

— Et que mon Amedeo il se ronge le sang au point d'en mourir? Ma qué! Timoleone t'as donc rien que de la graisse sous ta tunique?

Le maréchal essaya de ramener l'entretien à un ton plus décent.

— Ecoute, Eloisa... Je ne tiens pas à me quereller avec toi, surtout au sujet de choses qui ne me regardent pas. Restons-en là. Contente-toi de rapporter à ton fils que s'il n'est pas à son poste à deux heures, je le dénonce comme étant en absence illégale! et tu sais, c'est le prologue de la désertion, de la dégradation et des travaux forcés!

Eloisa se leva d'un jet et très calmement, à son tour :

— Je te remercie, Timoleone Rizzotto. Je te remercie non seulement de refuser de bouger le petit doigt pour sauver mon enfant, mais encore de vouloir me séparer de lui à jamais, de l'assassiner!

Le maréchal eut un bon gros rire.

— Ah! tu es bien de Folignazzaro, toi, Eloisa mia! Tout de suite tu dramatises!. Que ton fils rapplique en vitesse pour justifier les appointements qu'il touche et on oubliera cette histoire idiote.

— Parce que tu estimes que l'amour d'Amedeo pour Agnese et d'Agnese pour Amedeo, c'est une histoire idiote?

— Tu commences à m'énerver, tête de bois! Non, ce qui est idiot, c'est de jouer les alanguis quand on est brigadier de carabiniers!

— Parce qu'un carabinier doit pas avoir de cœur?

— Rentre chez toi, Eloisa, ça vaut mieux... J'ai beau être patient, il y a des limites!

— Non, je quitterai pas cette pièce tant que tu m'auras pas écouté, égoïste!

— T'écouter? Ma qué! je ne fais que ça!

— Timoleone Rizzotto j'exige que tu arrêtes cet Eusebio Talamani qui se dit clerc de notaire!

— Arrêter Talamani! Tu es folle ou quoi? pour quel motif l'arrêterais-je?

— Parce qu'il est pas d'ici! parce qu'il est venu chez nous il y a deux ans sans qu'on sache d'où il arrivait et qu'il a pas le droit d'apporter le trouble et la zizanie dans Folignazzaro! Et s'il le faut, tu arrêteras aussi Maître Agostini pour avoir manqué à sa parole! Sinon, je t'avertis, maréchal de carabiniers, moi je démolis tout dans le pays et je prends le maquis avec mon fils!

Et sur ce, Eloisa se rassit, essoufflée.

— Si tu t'amuses à semer la pagaïe dans Folignazzaro, Eloisa Rossatti, je te colle en prison! Empoigner un gars parce qu'il est le rival de ton fils, non mais des fois, tu ne déménagerais pas par hasard, ma belle? Talamani est un Milanais qui a répondu à une annonce de Maître Agostini cherchant un clerc. C'est un garçon sur lequel il n'y a rien à dire. Orphelin, il vit paisiblement et à trente-deux ans, on ne lui connaît même pas une histoire de femme.

— Et tu juges que c'est normal?

— Normal ou pas, ce ne sont ni mes affaires ni les tiennes! Tu perds l'esprit, par moment, ma pauvre! Tu me vois allant annoncer à Maître Agostini : je vous arrête, motif : vous refusez de marier votre fille à Amedeo Rossatti. Et la liberté, Eloisa, qu'est-ce que tu en fais?

— Raconte ce que tu voudras. La vérité c'est que tu sautes sur l'occasion de te venger!

— De me venger? et de qui?

— De moi!

— De toi?

— Sous prétexte que j'ai pas voulu t'écouter, il y a trente-cinq ans lorsque tu prétendais m'épouser!

— En voilà une autre!

— Ose dire que tu m'aimais pas en ce temps-là, lâche! rénégat!

— Je ne me souviens pas.

— Et quand tu m'as entraînée derrière l'ancienne porcherie, le dimanche de Quasimodo et que tu m'as pincé le derrière? Même que je t'ai collé une gifle?

— Tu dois confondre.

Eloisa se dressa, indignée.

— Vas-y! Dis-le que j'étais une fille qui traînait avec n'importe quoi! Insulte-moi pendant que tu y es! Alors, ça te suffit pas d'aider à l'assassinat de mon fils, il faut encore que tu salisses l'honneur de sa mère?

A son tour, Timoleone se leva :

— Mesure tes paroles, Eloisa car elles pourraient te coûter cher! On n'insulte pas un maréchal de carabiniers dans l'exercice de ses fonctions sans que...

Il s'arrêta brusquement, la narine dilatée, reniflant l'odeur arrivant de la cuisine et réalisant tout d'un coup l'étendue de la catastrophe qui s'était produite pendant qu'il discutait avec la signora Rossatti, il hurla :

— Mes ossobuchi! Misère de Dieu, je les ai oubliés et ils brûlent!

Salué respectueusement par tous ceux qui le croisaient, Maître Agostini, vêtu d'un veston d'alpaga ouvrant sur un gilet de piqué blanc et portant sur la tête un Panama jauni par les soleils de bien des étés, montait vers l'église tout en s'appuyant sur une canne à pommeau d'argent. Il incarnait la réussite et chacun, à Folignazzaro s'en montrait fier comme si la fortune du notaire appartenait à tous. Maître Agostini toqua de façon fort discrète à la porte du presbytère délabré, et à dona Serafina qui lui ouvrait, il demanda :

— Don Adalberto est-il là, dona Serafina?

La vieille femme très sensible aux bonnes manières salua le visiteur et lui répondit que son maître se trouvait dans sa chambre et qu'elle allait le prévenir. Mais elle n'eut pas le temps de mettre son projet à exécution car, au-dessus d'eux, la tête du prêtre apparut :

— C'est toi, Isidoro?

— Comme vous voyez, don Adalberto.

— Tu viens te confesser?

— Pas précisément.

— Dommage car tu dois avoir besoin d'une bonne lessive. Allons, monte jusque dans ma chambre.

Le curé avait vu naître le notaire. Son aîné de douze ans, il avait été son parrain à l'école, aidant la sœur Cunégonda à enseigner le rudiment au petit Isidoro. Depuis, les deux hommes étaient restés fort liés, et le tabellion manifestait toujours beaucoup de déférence envers le prêtre, qui, d'ailleurs, l'avait marié avec une demoiselle de Domodossola et avait baptisé leur fille Agnese. Chaque fois qu'Isidoro pénétrait dans la chambre de son vieil ami, il ressentait une émotion étrange où se confondaient la pitié devant le témoignage irrécusable d'une existence ascétique, une honte légère de compter parmi les privilégiés et de vivre en égoïste, enfin un soupçon d'envie incitant Agostini à penser que don Adalberto était assuré de sa place en paradis.

— Et alors, Isidoro, que t'arrive-t-il? Ce n'est pas seulement pour venir bavarder avec moi que tu t'es fait aussi beau?

— J'effectue une démarche importante, grave même et c'est pourquoi j'ai cru de mon devoir, don Adalberto, de mettre mon meilleur costume.

— En somme, tu as voulu m'honorer?

— Exactement.

— Je te remercie, quoique... je me souviens... lorsque tu étais petit, chaque fois que tu affectais cet air important, ce maintien solennel et que tu avais dans l'œil cette fausse humilité que j'y vois en ce moment, c'est que tu méditais une saloperie...

— Don Adalberto!...

— Ne t'énerve pas, Isidoro et donne-moi plutôt des nouvelles de ta femme et de ta fille.

— Desiderata, vous la connaissez bien, gémit de plus en plus fort et de plus en plus souvent à propos de tout et de rien. Quant à Agnese, elle ne songe qu'à se marier.

— C'est normal, non?

— Bien sûr, padre et c'est justement d'Agnese que je suis venu vous parler.

— D'Agnese? je t'écoute...

— Je voudrais célébrer ses fiançailles vers le milieu de la semaine prochaine et, naturellement, nous tenons tous à ce que ce soit vous, don Adalberto qui présidiez cette cérémonie... J'ai pensé qu'une bénédiction à l'église...

— D'accord, d'accord... Je dois t'annoncer tout de suite, mais je ne t'apprends rien, que ce ne sera pas très luxueux, hé? Je n'ai plus que des vieilleries pour marier ou enterrer mes ouailles...

— Don Adalberto, Agnese est ma fille unique... Donc pas d'autre mariage en perspective dans la famille... J'aimerais, en témoignage de notre vieille amitié, de notre affection, offrir à notre chère église de Folignazzaro ce qui lui manque pour que vous-même, padre, et après vous celui qui vous succèdera, puissiez marier, baptiser, enterrer dignement nos concitoyens. Me ferez-vous le plaisir d'accepter?

Les larmes aux yeux, don Adalberto se leva du lit sur lequel il était assis — car il n'y avait qu'une chaise dans la chambre et Agostini l'occupait — et embrassa le notaire.

— Isidoro... merci. Tu es un brave cœur... Oublie les taquineries de tout à l'heure... Je t'en demande pardon.

— Voulez-vous vous taire, padre! Un saint comme vous demander pardon à un pécheur comme moi?

— Bon! eh bien, demandons-nous pardon mutuellement et n'en parlons plus. Je vais mijoter un joli petit sermon pour les fiancés. Je dirai tout le bien que je pense de la vertu d'Agnese et combien j'admire les qualités d'Amedeo qui, quoique privé de tout appui paternel, a réussi à occuper une place honorable dans la société, en attendant mieux car ce garçon ira loin, Isidoro, tu peux me croire et ton gendre te fera honneur! Qu'est-ce que tu as?

Ça n'a pas l'air de t'enchanter ce que je raconte?

Le notaire, en effet, semblait affreusement embarrassé.

— C'est que, don Adalberto, je ne vois pas pourquoi vous me parlez d'Amedeo Rossatti?

Ce fut au tour du prêtre de témoigner de la plus vive surprise.

— Mais, parce que c'est à lui que tu donnes ta fille, non? Ces enfants s'aiment depuis assez longtemps et, pour ne rien te cacher, Isidoro, le temps me durait que tu te décides à les unir afin d'éviter quelque faux pas!

Comme tous les gens de mauvaise foi, le notaire s'emporta.

— Il n'a jamais été dans mes intentions de prier Amedeo Rossatti d'entrer dans ma famille! Je n'aime guère les militaires, même quand ils sont carabiniers! Ils ont des mœurs que j'estime incompatibles avec celles d'une famille chrétienne!

— Tu te fiches de moi, Isidoro?

— Pas du tout!

— Alors, veux-tu m'expliquer ce que signifie la comédie que tu es en train de me jouer? Tout Folignazzaro sait, et depuis des années, qu'Amedeo et Agnese ne vivent que l'un pour l'autre! Timoleone lui-même, pas plus tard qu'avant-hier, m'affirmait que le brigadier Rossatti était un travailleur acharné, qu'il étudiait une partie de la nuit pour pouvoir, dès qu'il sera nommé sous-officier, préparer l'entrée dans une école d'officiers. Que lui reproches-tu?

— Je n'ai rien à lui reprocher. Le signor Rossatti ne m'intéresse pas, voilà tout et je n'en veux pas pour gendre, c'est simple, non?

— Mais Agnese...

— Dieu merci! Agnese est une fille honnête, élevée dans le respect de ses parents et elle se soumettra à la volonté de son père!

Le prêtre ne répondit pas tout de suite. Fixant intensément son visiteur, il dit doucement :

— Je reprends les excuses que je t'adressais tout à l'heure, Isidoro. Je ne m'étais pas trompé, tu prépares une belle canaillerie et je te conseille de ne pas mêler le Bon Dieu à tes sales combinaisons.

— Don Adalberto!

— Et peut-on savoir à qui tu destines ta fille?

— A Eusebio Talamani, mon clerc... Un garçon sérieux, rangé, dont j'apprécie énormément le travail et le dévouement. Quand il sera mon gendre et lorsque le moment viendra pour moi de prendre ma retraite, je lui laisserai l'étude.

— Agnese est d'accord?

— Agnese m'obéira!

— Ecoute-moi, Isidoro... Je n'ai pas été marié et naturellement, tout ce que je te raconte, je ne l'ai appris que par l'expérience des autres et leurs confidences... De toute mon âme, je crois qu'il n'y a rien de plus criminel que de se marier sans amour. Vivre à deux n'est déjà pas facile mais si par-dessus le marché on ne s'aime pas, ce doit être sinon l'enfer, du moins le purgatoire sur la terre...

Le notaire haussa les épaules.

— Tout ça, c'est du roman, padre!

— Alors, en toute connaissance de cause, n'ignorant pas que ta fille aime un autre garçon, tu la donnes à un homme qu'elle n'aime pas?

— Elle finira par l'aimer!

— Et si elle n'y parvient pas? Parce que ton Eusebio, il se peut que ce soit un clerc de qualité mais, pour moi, il a une tête à gifles!

— Padre!...

— Parfaitement, une tête à gifles! De plus, quand tu parles de famille chrétienne, tu me permettras de rire... Ton Eusebio n'est jamais venu se confesser, tu entends? jamais! Et toimême, Isidoro, il y a des années que tu ne t'es pas agenouillé dans le confessionnal pour te débarbouiller. Jolie famille chrétienne, en vérité!

— Agnese épousera Eusebio!

— Dès que tu es entré dans cette pièce, j'ai deviné que tu mijotais un mauvais coup... Tu n'as pas changé après un demi-siècle ou presque... Tu es toujours un vilain bonhomme, Isidoro!

Le notaire se leva, très raide.

— Je ne soupçonnais pas, en venant ici que je m'y ferais insulter!

— Il n'y a que les coupables pour prendre les vérités pour des insultes.

— Votre robe, padre, m'interdit de vous répliquer. N'en abusez pas. Maintenant je vous pose la question : oui ou non, acceptez-vous de bénir les fiançailles d'Agnese ma fille et d'Eusebio Talamani mon clerc?

— Je n'ai pas le pouvoir de refuser, à condition qu'Agnese, à l'église soit d'accord.

— Elle le sera. Fiez-vous à moi!

— Je me fierais à n'importe qui, Isidoro sauf à toi.

Agostini ne répliqua pas et gagna la porte.

— Je vous laisse le soin de fixer la date, padre. Dès que vous en aurez décidé, prévenez-moi.

— Je t'enverrai Serafina.

— Je vous en remercie.

— Ah! encore un mot, Isidoro?

Le notaire se retourna.

— Tes cadeaux pour l'église... Je ne les accepte pas.

— Pourquoi?

— Parce que si tu peux duper les hommes, tu ne saurais tromper Dieu, notaire, et Lui, Il voit la noirceur de ton âme. En dépit de tes simagrées, tu es son ennemi et je veux rien d'un ennemi de Dieu!

A Folignazzaro, on n'aimait guère Eusebio Talamani. Ce n'est pas qu'on eût quelque chose de précis à lui reprocher. Simplement, on ne l'accueillait pas dans la communauté. Pourtant, la veuve Genoveffa, dans la maison de laquelle il logeait depuis son arrivée de Milan, s'employait de son mieux à vanter ses qualités d'ordre, son sérieux, sa propreté, sa coquetterie, rien n'y faisait : il demeurait étranger à Folignazzaro par la volonté des gens de Folignazzaro.

Quand on apprit la démarche de Maître Agostini auprès de don Adalberto, les langues allèrent bon train. Certes, on se doutait bien depuis quelque temps qu'il y avait anguille sous roche. Tout le monde s'était aperçu de la tristesse d'Amedeo Rossatti, du désespoir d'Agnese et comme dona Eloisa s'affirmait incapable de tenir sa langue, ses gémissements et imprécations avaient pénétré dans tous les foyers. Mais à Folignazzaro on ne s'inquiète pas pour des mots, des cris et des malédictions. On les estime à leur juste valeur : des distractions qui rompent merveilleusement la monotonie des jours. Mais, quand il fut certain que don Isidoro avait solennellement décidé de donner sa fille à Eusebio Talamani, une vive émotion s'empara du village tout entier. On parla d'abus de pouvoir, d'atteinte à la liberté et lorsque Eusebio entra chez Onesimo Cortivo, le cafetier de la place Garibaldi pour y boire son Carpano quotidien, personne ne répondit à son salut.

Talamani se présentait sous l'aspect d'un homme encore jeune aux traits mous et plein d'une courtoisie qui frisait l'obséquiosité. Le contraire de ce que prisaient les montagnards de Folignazzaro. Jusque-là, on s'était montré correct à son égard parce que dans le village on savait pratiquer l'hospitalité, mais on ne pouvait tolérer qu'un étranger se permît de venir prendre une fille du pays promise depuis toujours à un autre.

Eusebio, seul à une table, buvait discrètement son apéritif, feignant de ne pas remarquer l'hostilité générale dont il se voyait soudain l'objet. Onesimo, un grand et gros type ayant gardé de son ancien métier de bûcheron des bras quasi monstrueux, ne put y tenir et s'approcha de son client. Chacun devint attentif.

— Signor Talamani, c'est vrai que vous épousez Agnese Agostini?

Aimable et quelque peu fiérot Talamani acquiesça :

— Eh! oui.

Onesimo secoua la tête, pareil au bœuf, harcelé par les mouches, dans les pâturages d'été.

— C'est pas possible...

— Et pourquoi donc, je vous prie?

— Ma qué! parce qu'elle ne vous aime pas!

— Qu'en savez-vous?

— Elle aime Amedeo Rossatti.

Eusebio eut pour parler du brigadier un ton d'un tel mépris que plusieurs sentirent leurs muscles se nouer.

— Ce petit carabinier? C'est une plaisanterie! D'ailleurs, je ne l'enlève pas! Agnese consent à notre mariage...

— Son père l'y force!

— Cher Cortivo, puis-je vous demander en quoi tout ceci vous regarde?

Le cafetier souffla bruyamment pour dissiper l'envie qui le travaillait d'empoigner ce Milanais par la peau du cou et de le secouer comme un prunier.

— Agnese est de Folignazzaro.

— Et alors?

— Vous... vous êtes un étranger.

— Et alors?

Onesimo ne possédait pas une dialectique bien subtile et resta coi. Talamani en profita pour jeter quelques lires sur la table, se lever et lancer avec suffisance :

— Tenez, payez-vous, mon brave, et mêlez-vous de vos affaires, ça vaudra mieux pour tout le monde.

Il atteignait la porte lorsque le cafetier le rattrapa et lui mit la main sur l'épaule, l'obligeant à se retourner.

— Signor Talamani, vous êtes sûrement plus intelligent que moi, mais je vous assure d'une chose : si vous persistez à épouser Agnese Agostini contre son gré, il arrivera malheur!

Eusebio se dégagea assez brutalement et ricana :

— On verra bien!

Il ne se doutait pas qu'il ne verrait bientôt plus rien.

CHAPITRE II

Jamais Folignazzaro n'oubliera ce dimanche où Agnese Agostini et Eusebio Talamani se fiancèrent au vu et au su de tout le pays.

L'émotion s'était emparée du village dès le matin et le seul qui montra alors un calme à toute épreuve fut Eusebio qui mit un soin particulier à sa toilette, au point que sa logeuse Genoveffa Marenzi, quand elle le vit descendre de sa chambre, joignit les mains dans un geste d'adoration émerveillée.

Chez le notaire, on vivait un drame. Agnese n'avait pas fermé l'œil de la nuit et aux premières lueurs du jour présentait un visage bouffi par les larmes. Sa mère, pleurant elle-même, l'aida à s'habiller. On eût dit Clytemnestre préparant sa fille Iphigénie au sacrifice suprême pour les plus grandes gloires conjuguées de son papa Agamemnon et de l'armée grecque. Quant à don Isidoro, il retarda le plus possible le moment de se montrer à ses femmes et, quand il s'y décida, ce fut avec une mauvaise humeur cachant mal sa gêne et peut-être son remords. Il entra, bougonnant, dans la chambre d'Agnese.

— Alors, vous êtes bientôt prêtes? Nous finirons par être en retard à la messe!

On lui répondit par un double et lugubre gémissement ce qui l'irrita au plus haut.

— Ma qué! ça va être bientôt terminé, cette comédie?

Du coup, dona Desiderata retrouva une ardeur juvénile pour s'opposer à tant d'insensibilité, à une pareille mauvaise foi. Elle se redressa, la bouche amère, l'œil enflammé, le verbe agressif.

— N'as-tu pas honte, Isidoro de te conduire de cette façon à l'égard de ton unique enfant?

— Tais-toi, Desiderata, ou je me fâche pour de bon!

— Et fâche-toi tant que tu voudras! Qu'avons-nous à perdre maintenant que tu vends ta fille comme un vulgaire marchand d'esclaves! Méfie-toi, Isidoro, je suis capable de créer un scandale sur la place et devant tous!

Maître Agostini savait que la timide Desiderata n'agirait pas ainsi, mais il n'ignorait cependant pas que l'amour maternel peut donner des audaces inattendues.

— Desiderata, je te prie de veiller à ton comportement! Tu es complètement ridicule. Eusebio est un excellent parti pour Agnese.

— Il n'a pas le sou!

— Il a mieux... un métier! Et il me succèdera!

— Et pour qu'il te succède, tu sacrifies ta fille?

— Je suis persuadé qu'Agnese sera beaucoup plus heureuse avec lui qu'avec ce carabinier.

Agnese s'effondra de nouveau, en tas, sur le plancher et sa mère dut la relever.

— Courage, pauvre innocente!... Courage, malheureuse victime d'un père dénaturé!... Pense au Seigneur qui Lui aussi s'est sacrifié...

A travers un mur de sanglots, la voix d'Agnese filtra, hoquetante :

— Je... Je ne... ne veux pas... d'Eu... d'Eusebio...

Agostini s'emporta :

— Tu n'as pas à vouloir ou à ne pas vouloir! Tu m'obéiras, un point c'est tout!

Dona Desiderata se précipita sur son mari et le frappant des deux poings sur la poitrine, vociféra :

— Fasciste! Sale fasciste!

Ayant quelque peu flirté au temps jadis avec le régime disparu, le notaire voyait rouge quand on lui rappelait cette phase peu glorieuse d'un passé qu'il prétendait tout entier voué aux principes démocratiques. Sous l'effet de la colère, il s'oublia jusqu'à calotter son épouse. C'était la première fois et la nouveauté de ce geste tout autant que sa brutalité grossière parurent emplir de désarroi aussi bien le bourreau que la victime. Dona Desiderata balbutia :

— Tu m'as frappée...

Affreusement ennuyé, Isidoro se réfugia dans l'injustice :

— Tu n'avais qu'à ne pas m'insulter!

Et tournant les talons, il sortit de la chambre tout en informant les malheureuses que si elles ne se présentaient pas dans cinq minutes au bas de l'escalier, elles verraient comment se révèlerait un père outragé dans le respect et l'obéissance qui lui étaient dus.

Demeurées seules, la mère et la fille se jetèrent dans les bras l'une de l'autre, celle-ci jurant qu'elle s'immolerait volontiers pour sauvegarder la vie de sa chère maman, celle-là protestant qu'elle ne souhaitait pas autre chose que de mourir sous les coups, pourvu que son enfant adorée connaisse le bonheur. On pleura beaucoup, on s'embrassa avec passion, on se couvrit de mots tendres, on échangea des promesses éternelles et finalement on se trouva à l'heure dite au bas de l'escalier où don Isidoro dans sa veste d'alpaga, attendait, sa montre à la main.

Pour éviter la curiosité bienveillante de Folignazzaro, Amedeo Rossatti quitta très tôt la demeure maternelle après une scène déchirante dont il ne perdrait jamais le souvenir. A cinq heures du matin, Eloisa était entrée dans sa chambre portant le petit déjeuner sur un plateau. Attention exceptionnelle généralement réservée aux époques de maladie. Mais, Amedeo n'était-il pas malade? Tout de suite, avant même que les dernières brumes du sommeil se fussent dissipées en lui, l'allure solennelle en même temps qu'attendrie de sa mère, avait replongé le malheureux carabinier au sein de son tourment. Ce jour devait voir sa séparation définitive avec Agnese. Ce rappel le plongea dans une sorte de stupeur horrifiée qu'Eloisa prit pour le commencement de la fin. Posant le plateau à même le sol, elle tomba à genoux et prit entre ses mains celles de son garçon.

— Amedeo?... C'est ta mama... Tu vas pas mourir, dis? Tu me ferais pas une chose pareille? Je te le défends! Et d'abord, cette Agnese, c'est une bonne à rien! Parfaitement! Je t'interdis de dire le contraire, imbécile! D'ailleurs, si elle t'aimait pour de bon est-ce qu'elle accepterait de se marier avec un autre, eh? C'est une molle, une chiffe! Elle aurait même pas été capable de te faire de beaux enfants! Et tu te ronges les sangs pour une fille comme ça? Ma qué! malheureux, les femmes c'est pas ce qui manque et elles valent pas mieux les unes que les autres, c'est ta mère qui te le jure! Tu la crois ou tu la crois pas ta mère, dis, monstre de nature? Ose répondre que tu la crois pas et je te tourne une gifle que la tête t'en tourne pendant huit jours! Y a que moi qui t'aime, t'entends, demeuré? Que moi! Et il faut être le dernier des idiots pour aller chercher l'amour d'une autre quand on a l'amour de sa mère! Voilà mon opinion!

Amedeo susurra :

— Sans Agnese, je n'ai plus le goût de vivre...

Indignée, dona Eloisa se releva d'un bond.

— Ce qu'il faut entendre, Sainte Mère de tous les Anges! Mais bougre de feignant, t'as pas vécu jusqu'à présent? Et tu oses annoncer à ta propre mère qui t'a porté neuf mois, qui t'a nourri de son lait, à qui t'as déjà fait endurer toutes les misères du monde, qu'elle s'est tuée à la tâche pour rien? C'est pas le cœur qu'elle t'a pris cette Agnese du diable, mais la cervelle! Un ingrat, voilà ce que tu es et un fils dénaturé! Je veux plus te voir, tu entends? Jamais! Et t'avise pas de te suicider comme ces acteurs au cinéma, parce qu'alors t'aurais affaire à moi! Et ton Agnese, si tu continues à me gâcher l'existence avec elle, aussi vrai que je suis là devant toi, je cours à l'église et devant tout Folignazzaro je me l'étrangle sous les yeux du Bon Dieu!

Amedeo, outré, se dégagea des mains maternelles et debout dans la chambre, en chemise de nuit, se montra quand même très digne.

— Mama, tu m'as lancé des injures terribles... Tu m'as fait honte... Tu as insulté mon Agnese... Tu m'as mis à la porte de la maison...

Et l'indignation reprenant le dessus fit éclater le vernis de noblesse que le carabinier s'imposait :

— Ma qué! abandonné par Agnese, abandonné par toi, comment espères-tu que je continue à vivre?

Dona Eloisa se rua sur son fils, maelström de l'amour maternel, l'étreignit, l'étouffa, le couvrit de baisers et de larmes :

— Qu'elle t'abandonne, elle, c'est normal! Mais ta mama? Jamais! Si tu te tues, je me tue!

Au fond, ni l'un ni l'autre ne croyait vraiment au désir de mourir de son interlocuteur, mais c'est si bon de se consoler mutuellement et dona Eloisa ne consentit à quitter la pièce que lorsque Amedeo lui eût juré qu'il se rendrait au poste de police sans tenter de s'approcher de l'église où la perfide Agnese se préparait à se parjurer. Le dernier regard de la mère, inquiète sur son fils si cruellement frappé, l'apaisa quelque peu : Amedeo mangeait les tartines qu'elle lui avait apportées.

⁂

Don Adalberto ne décolérait pas. Levé bien avant le jour, il s'était plongé dans des prières qui n'en finissaient pas pour supplier le Seigneur d'empêcher l'iniquité se préparant. Mais Dieu demeurant sourd à son pathétique appel, il dut se résigner et gagna la cuisine pour y boire sa tasse de café noir. Dona Serafina lui trouva fort mauvaise mine et ne put se tenir de le remarquer à haute et intelligible voix. Ce en quoi elle se montra fort mal avisée car elle reçut immédiatement son paquet.

— Et toi, tu n'aurais pas mauvaise mine si on te forçait à commettre une mauvaise action? Cet Agostini c'est le diable incarné! D'ailleurs, il a toujours été faux et hypocrite! Je devrais peut-être l'exorciser...

— Si vous demandiez au Bon Dieu?...

— Ma pauvre Serafina, il semble que le Bon Dieu Il ait autre chose à penser qu'à s'occuper des amours d'un carabinier. Et pour moi, c'est ça le plus dur : être contraint de prendre part aux saloperies des hommes même quand je sais que ce sont des saloperies!

La gouvernante, émue, tenta d'apaiser un chagrin qu'elle devinait réel.

— De mon temps, on faisait pas tant d'histoires. Lorsque j'ai épousé mon défunt Guglielmo, je l'avais rencontré seulement trois fois... mais nos parents avaient décidé, alors...

— Alors, tu es une cruche, Serafina! Tu es aussi invertébrée que cette gourde d'Agnese! Et d'abord tu as commis un terrible péché mortel!

— Moi? O doux Jésus!... Mais quel péché mortel, don Adalberto?

— En épousant un homme que tu n'aimais pas, tu as bafoué les préceptes du Seigneur quant au mariage! Une femme qui se marie sans amour est une femme qui se vend, une sans pudeur! Et il n'y aura point de pitié pour elle!

— Mais le père et la mère...

— Penses-tu qu'on les appellera pour te défendre quand tu passeras devant le Juge Suprême?

— Je sais pas...

— Moi, je sais et je te dis que tu seras seule pour répondre de tes fautes! D'ailleurs, ose me dire que tu n'as pas été contente d'apprendre que tu étais veuve lorsque Guglielmo s'est fait tuer sur la Piave?

— Un petit peu... Il se saoulait et il me battait!

— Serafina, si tu tiens à mon opinion, tu auras une drôle de dette à régler et tu serais bien inspirée de t'habituer dès maintenant et progressivement à la chaleur du Purgatoire! As-tu repassé ma soutane du dimanche?

— Au Purgatoire... vous croyez?

Alors, le prêtre se rendit compte qu'il avait poussé la farce un peu loin. Comme il aimait bien sa vieille Serafina, il s'approcha d'elle et l'embrassa :

— Tu ne comprends donc pas que je te fais enrager? Je t'en demande pardon... Bien sûr que non, tu n'iras pas au Purgatoire, mais au Paradis où tu as déjà ta place réservée!

Transfigurée par la joie, elle s'enquit dans un beau sourire qui l'illuminait :

— Vous en êtes sûr?

— Et comment! J'ai demandé au Bon Dieu s'il ne lui restait qu'une place, de te donner la mienne. Moi, j'attendrai...

Elle voulut se jeter à genoux pour embrasser sa main et il eut toutes les peines du monde à l'en empêcher. Gagnant l'église don Aldalberto se répétait que le Seigneur avait bien eu raison de réserver en priorité Son royaume aux innocents.

A l'approche d'Amedeo Rossatti, les gens de Folignazzaro rentraient dans leurs demeures. Ils éprouvaient de la peine pour le garçon et ne tenaient pas à la lui montrer. C'est donc à travers un village désert que le brigadier atteignit la petite maison où gîtait la force publique. A la vue de son supérieur, Ilario rectifia sa position et attendit qu'il fût tout près de lui pour claquer des talons et lui adresser le plus impeccable des saluts auquel, à la profonde amertume de Busanela, Amedeo répondit de façon distraite et négligente.

Le maréchal Timoleone Rizzotto s'était mis dans sa tenue de gala et le plumet vertical ornant son bicorne lui donnait un air polisson. Il supputait qu'il serait sans doute invité au déjeuner des fiançailles et en prévision de cette éventualité n'avait rien commandé pour son repas, ce qui ne laissait pas de l'inquiéter un peu car il éprouvait une profonde horreur pour les nourritures élaborées à toute vitesse. Il y stigmatisait une hérésie ou une absence totale de civilisation. Lorsque le brigadier se présenta à lui, Timoleone ne put se tenir de lui demander :

— As-tu seulement réussi à fermer l'œil, mon pauvre Amedeo?

— A peine, signor maréchal...

— Je te comprends car j'ai un cœur moi aussi et si je me suis consacré aux seuls plaisirs de la gastronomie c'est qu'on m'a fait souffrir... Veux-tu que je te raconte?

— Avec votre permission, j'aimerais mieux pas.

— Je te comprends, Amedeo, mais c'est dommage... Une petite de Domodossola, brune, mince et agile comme une chèvre... Enfin, ce sera pour une autre fois. Et la mama?

— Elle est dans tous ses états. J'ai dû lui jurer de ne pas attenter à mes jours.

Timoleone blêmit.

— Parce que tu avais l'intention de?...

Le brigadier haussa les épaules.

— Sans Agnese je n'ai plus de but dans l'existence plus d'ambition, plus rien.

Paternel, Rizzotto se leva avec effort pour serrer Amedeo contre lui.

— Tu n'oserais pas faire une chose pareille, mon garçon... Pense à ta pauvre vieille mère, que deviendrait-elle sans toi? Et moi qui suis ton père spirituel? Tu me gâcherais les années qui me restent à vivre! Enfin, il y a ton uniforme que tu ne saurais déshonorer par le suicide qui est la pire des lâchetés! Amedeo, mon fils, crois un homme qui a l'expérience de ces choses... Les déceptions amoureuses, c'est comme les indigestions. Quand on en souffre, on se jure qu'on n'aimera plus ou qu'on ne mangera plus jamais autre chose que des spaghetti cuits à l'eau sans assaisonnement... Mais dès qu'on est guéri, on oublie tout et on se remet à regarder les filles et à dresser des menus. C'est la vie, Amedeo, personne ne peut aller contre!

— Si je ne me détruis pas, je tuerai Eusebio Talamani qui me vole mon Agnese!

— Et tu finiras au bagne? Alors ça, c'est le bouquet! Je t'ai parlé raisonnablement jusqu'ici, Rossatti, mais je vais changer de ton si tu continues à tenir des propos imbéciles! Un brigadier de carabinier se transformant en assassin! mais tu écoutes ce que tu dis?

— Pardonnez-moi, signor maréchal... Vous avez mis le bel uniforme à ce que je vois?

Timoleone eut un air embarrassé.

— Ma foi...

— Peut-être que vous vous rendez à la bénédiction?

— Naturellement. Si ma place était vide, on jaserait dans Folignazzaro. On chuchoterait que je suis devenu communiste et... et la retraite n'est pas loin.

— Et peut-être aussi que vous assisterez aux fiançailles?

— Comprends-moi, Amedeo... Maître Agostini est un notable, très influent...

— Son attitude à mon égard est une injure à tous les carabiniers!

— N'exagère pas, Amedeo! En suivant ton raisonnement si un général de carabinier était trompé par un simple bersaglier, tout le régiment devrait reprendre la vie civile?

— Bon! Eh bien! si vous assistez aux fiançailles, j'y assisterai aussi et on verra ce qu'on verra!

— Non, tu n'iras pas!

— Si!

— Non!

— Si!

— Non! Et tu n'iras pas parce que je te colle de garde pour toute la journée et si tu quittes ton poste, ce sera une désertion! Tu passeras devant le tribunal militaire!

— C'est un abus de pouvoir!

— Pas du tout, c'est une précaution! Je suis à Folignazzaro pour y faire respecter l'ordre et non pour le laisser troubler fût-ce par un brigadier de carabiniers!

Amedeo Rossatti rectifia la position et d'une voix impersonnelle :

— A vos ordres!

Les deux hommes se séparèrent mécontents l'un de l'autre et Timoleone songea que si par aversion pour l'uniforme qu'il portait, Maître Agostini ne l'invitait pas, il se ferait une escalope à la milanèse avec des spaghetti *al sugo*.

La messe de dix heures se déroula dans une atmosphère tendue d'où la piété fervente des autres dimanches s'affirmait très nettement absente. Les fidèles oubliant le recueillement obligatoire autant que spontané des gens de Folignazzaro aux offices, se montraient les Agostini et Eusebio Talamini n'ayant pas craint de prendre place juste à la droite du notaire qui le séparait d'Agnese dont on commentait la tristesse trop apparente. Il apparut à chacun que dona Desiderata, le regard allumé, la lèvre tremblante, le geste nerveux pensait à tout autre chose qu'à suivre les rites sacrés. A plusieurs reprises, don Adalberto descendant les degrés de l'autel dut s'arrêter quelques secondes afin de fixer l'assistance d'un œil courroucé pour la rappeler au respect des convenances à l'égard du Créateur. Mais sa colère intérieure se tournait surtout vers Maître Agostini qu'il rendait responsable de ce scandale larvé et le premier dont l'église était le témoin depuis le temps que le prêtre la desservait.

Don Adalberto avait choisi de prêcher en paraphrasant un passage de l'Evangile selon saint Luc : « Comme les publicains et les pécheurs s'approchaient de Jésus pour l'écouter, les Pharisiens et les docteurs de la loi en murmuraient... » Déjà, il s'approchait de la table de communion le séparant de ses ouailles où s'installait un silence relatif, lorsque apercevant l'air plein de morgue de don Isidoro, le visage ravagé d'Agnese, le sourire suffisant d'Eusebio et les traits crispés de dona Desiderata, il oublia tout ce qu'il avait préparé et fulmina une terrible harangue contre ceux « par qui le scandale arrive ». Personne ne fut dupe et Maître Agostini moins que tout autre. Un instant, il balança s'il devait ou non quitter la place, mais il n'osa pas. Dans les rangs des fidèles, on se poussait du coude et, du menton, on se montrait le dos du notaire. Seul, Timoleone Rissotto, son bicorne sur les genoux ne s'aperçut de rien car il sommeillait paisiblement, ne se réveillant et promenant un œil glauque autour de lui qu'au moment où son nez atteignait l'inclinaison voulue pour qu'il se fît chatouiller par l'arrogant plumet du couvre-chef.

Il n'y avait qu'Eusebio pour se moquer ouvertement de ce que racontait le prêtre et son sourire narquois donnait à plus d'un envie de le gifler. Don Adalberto qui s'en aperçut fut à deux doigts d'oublier qui il était, le lieu où il se trouvait et, récupérant l'ardeur de ses vingt ans, de sauter par-dessus la table de communion afin d'aller flanquer une torgniole à ce clerc qu'il ne parvenait pas à ne pas détester.

Après le sermon, dont Adalberto pressa le mouvement pour arriver au plus tôt à l'*Ite missa est*, tant il avait hâte d'en terminer avec cette cérémonie des fiançailles dont la perspective le mettait hors de lui.

A Folignazzaro il y a une coutume scrupuleusement observée depuis toujours. C'est à la sortie de la messe dominicale que le prêtre entouré des gens du village proclame les fiançailles des jeunes gens souhaitant se marier et les bénit s'il n'y a pas d'opposition valable de la part de qui que ce soit. On se doute que ce jour-là, il y en eut pas mal pour se précipiter au dehors avant l'ultime prière afin d'être bien placé pour cette courte cérémonie où l'on espérait qu'il adviendrait quelque chose susceptible de dater dans la petite histoire de Folignazzaro.

Les Agostini — le père et la mère encadrant Agnese — sortirent dans les derniers pour laisser à leurs concitoyens le temps de se ranger. Ils étaient immédiatement précédés de Timoleone solennel et suivis d'Eusebio. Arrivés sur la petite place, les Agostini et Eusebio (auprès de qui, sur la demande expresse du notaire, qui, en même temps, le retint pour déjeuner, le maréchal de carabiniers se plaça afin de remplacer une famille inexistante) se rangèrent face au porche sous lequel don Adalberto ne tarda pas à paraître accompagné du jeune Teofrasto, enfant de chœur de son état.

Tout de suite, on comprit que le prêtre entendait mener les choses rondement. Il se râcla la gorge et d'une voix forte :

— Ecoutez-moi, tous!

Dans le silence subit et total que son commandement imposa, on perçut le gloussement d'une poule rameutant sa famille.

— Il paraît...

Malignement il laissa couler quelques secondes pour bien marquer qu'il en doutait quant à lui.

— ... qu'il y a promesse de mariage entre Eusebio Talamani, de Milan, et présentement clerc dans l'étude du Maître Agostini et Agnese Agostini, fille du dit notaire. Quelqu'un, dans l'assistance, connaît-il un empêchement quelconque à ce que cette promesse soit tenue? Si oui, qu'il parle sans crainte et selon sa conscience!

Et puis, il attendit paisiblement. Soudain, quelqu'un lança :

— C'est honteux!

Cette remarque suscita une profonde sensation. Maître Agostini sursauta avant de se retourner et de fixer d'un œil chargé d'éclairs l'endroit d'où venait de jaillir cette remarque injurieuse. Don Adalberto, enchanté, déclara :

— Que celle estimant qu'il y a de la honte dans cette promesse de mariage, se montre.

Il y eut un court flottement, puis les rangs s'écartèrent devant la grosse dona Eloisa qui se campa devant le prêtre. Timoleone Rizzoto trembla. Sûrement que si quelque chose de fâcheux se passait, on l'en rendrait responsable. Il commença à suer à grosses gouttes.

— Nous vous connaissons bien tous, dona Eloisa... Nous vous savons femme d'expérience et de bon conseil...

On jubilait rien qu'à voir la tête du notaire dont la couleur de la peau tournait au vert. En dehors de toute charité chrétienne, don Adalberto savourait cet instant.

— Quel empêchement y a-t-il aux promesses d'Agnese et d'Eusebio, dona Eloisa?

La signora Rossatti alla chercher son souffle aux plus grandes profondeurs de son être et sa réponse fut entendue jusqu'aux limites de la commune.

— Il y a qu'Agnese aime mon fils et que mon fils l'aime et qu'elle peut pas en épouser un autre que mon Amedeo ou alors c'est qu'elle est aussi hypocrite que son père!

Le teint du notaire changea brusquement et vira au rouge foncé. Il s'en prit à Timoleone :

— Et alors, maréchal? Qu'est-ce que vous attendez? Allez-vous laisser insulter les plus honnêtes citoyens de Folignazzaro sans intervenir?

Rizzotto songeait, trop tard, qu'il aurait été mieux inspiré de rester chez lui à se préparer des *lazagne à la bolognese* plutôt que de se fourrer dans une histoire où il n'y avait que des embêtements à récolter. Néanmoins, il s'approcha d'Eloisa qu'il prit par le bras.

— Signora... Soyez raisonnable? Ne m'obligez pas à...

Eloisa se dégagea de telle façon qu'au grand dam de son amour-propre, Timoleone faillit choir sur le derrière et, trouvant dans le maréchal un adversaire à sa taille, elle ne lui cacha rien de sa façon de penser :

— Toi, au lieu de défendre tes carabiniers, tu pactises avec l'ennemi! Tu me dégoûtes, Timoleone! Gros plein de soupe!

Devant tout le village réuni, Rizzotto ne pouvait pas encaisser ces injures sans réagir :

— Encore une seule grossièreté, signora, et je vous embarque!

— Tout seul?

Un rire paisible courut parmi l'assistance.

— J'appellerai mes hommes!

— Et tu ordonnerais à mon fils d'arrêter sa propre mère? Tu m'écœures, Timoleone! Mais ça ne m'étonne pas de toi! Je comprends que tu sois l'ami d'un homme qui vend sa propre fille!

— Dona Eloisa!...

— Tais-toi, Timoleone, ou je te fais avaler ton plumet!

Le notaire gronda :
— C'est scandaleux!
La notairesse riposta :
— Elle a raison!
Revigorée par ce renfort inattendu, Eloisa s'adressa à tous :
— Vous entendez? Même la signora Agostini m'approuve!
Hors de lui, le notaire s'approcha du prêtre.
— Cette scène n'a que trop duré! Finissons-en!
Comme piqué par une guêpe, don Adalberto réagit brutalement :
— Ma qué! Isidoro! Qu'est-ce qui te permet de me donner des ordres, à présent? Tu ne te prendrais pas pour l'évêque, par hasard, eh? Agnese, approche-toi, mon enfant...
La jeune fille s'avança et du coup, chacun retint sa respiration.
— Es-tu d'accord pour épouser Eusebio Talamani?... Réfléchis bien... prends ton temps... Ne te hâte pas de répondre... Une promesse, c est grave, tu sais, et pense où cela peut t'entraîner.
Elle hésita, se tournant vers son père au regard sévère, puis vers Eloisa suspendue à sa réponse et, parce qu'elle était sans grande volonté, murmura :
— Oui.
Un soupir de déception s'échappa de toutes les poitrines.
— Bon... Comme tu voudras! mais après, il ne faudra pas venir te plaindre! Quant à vous, Eusebio Talamini, vous êtes naturellement d'accord?

Toujours narquois, le clerc répliqua à haute voix :

— Naturellement, padre.

— Parfait... Donnez-vous la main. Je vous bénis et vous considère et tous ici de même que moi doivent vous considérer en tant que promis l'un à l'autre et maintenant recueillez-vous si vous en êtes capables!

Don Adalberto débita des prières à une vitesse incroyable, empoigna le goupillon que lui tendait Teofrasto, à la manière d'une massue, en aspergea le couple, rentra dans son église sans serrer la main à personne et refusa l'invitation du notaire qui le rattrapait à la sacristie :

— Non, Isidoro, ne compte pas sur moi. Je ne veux pas être mêlé en dehors de ce qui est mon sacerdoce à tes sales combinaisons et rentre chez toi, ici ce n'est pas ta place!

Humilié, rageur, maître Agostini qui se sentait mauvaise conscience rejoignit ses invités, l'oreille basse.

L'aventure se serait terminée là si au soir de ce même jour, Amedeo Rossatti, relevé de sa garde par un Timoleone revenu un peu pompette, ne s'était rendu chez Onesimo Cortivo pour boire un coup afin d'essayer de dissiper le chagrin qui l'étouffait. On tint à lui exprimer la part qu'on prenait à sa peine et le cafetier ajouta le récit de l'intervention de dona Eloisa qui emballa tous ceux ayant eu le privilège d'assister aux ultimes efforts de la bonne dame pour tenter de sauver le bonheur de son fils.

— Crois-moi, Amedeo, c'est une sainte et respectable mère que tu as là, et tu serais le dernier des derniers si tu t'en rendais pas compte!

Tout le monde étant un peu ivre, chacun débordait de tendresse et le carabinier jura solennellement qu'il avait conscience de tout ce qu'il devait à la mama et que c'était bien à cause d'elle qu'il ne mettrait pas fin à ses jours. On le félicita. On versa quelques larmes tant on se sentait attendri d'être si bon et l'on s'embrassa avec ferveur.

Vers onze heures du soir, Amedeo qui tenait bien le coup, se leva pour adresser un au revoir grandiloquent à ses excellents amis de Folignazzaro et déclara qu'Agnese pouvait, désormais, aller se faire voir puisqu'elle avait osé préférer un Milanais à un gars du pays. On l'acclama avec des voix pâteuses, en butant sur les mots et les plus acharnés affirmèrent que les Milanais ne valaient pas pipette et qu'il fallait avoir l'esprit complètement amorti pour donner sa fille unique à un Milanais. Conscients d'avoir ainsi soutenu la justice, les buveurs rentrèrent chez eux ou s'endormirent sur les tables d'Onesimo.

En somme, cette fâcheuse histoire se serait bien finie si un méchant hasard n'avait voulu qu'à quelques centaines de mètres du cabaret, Amedeo ne se soit trouvé face à face avec Eusebio lui-même un peu éméché par toutes les libations répandues sur l'autel de son bonheur futur. Ce qui aggrava encore les choses c'est qu'Eusebio était accompagné de son patron, maître Agostini. Le fiancé ricana-t-il en reconnaissant le carabinier? Ou bien fût-ce Amedeo qui provoqua Talamani? Toujours est-il que les deux hommes échangèrent quelques paroles peu amènes et bientôt ils en vinrent aux mains. Don Isidoro voulant défendre son clerc, beaucoup moins robuste que son adversaire, reçut une nasarde qui lui mit une véritable voie lactée dans le regard et l'envoya rouler au sol. Furieux, apeuré, il se précipita chez lui pour chercher une arme pendant qu'Amedeo Rossatti oubliant, sous l'empire de la jalousie, qu'il vivait à Folignazzaro pour imposer l'ordre et non pour le troubler, rossait d'importance le malheureux Eusebio qui, sous les coups reçus, ne tarda pas à s'évanouir.

La vue de Timoleone Rizzotto, dans son lit, allongé sur le dos, déconcertait le regard. Examiné de profil, il ressemblait à une chaîne de montagnes avec des pics et des creux, mais les deux lignes d'horizon partant des pieds et du nez se rejoignaient pour culminer avec l'abdomen dont l'ampleur, sous la blancheur du drap, appelait l'image de ces montagnes japonaises couvertes de neige et dont l'imposante solitude sert de toile de fond aux dessins les plus délicats. Comme tous ceux jouissant d'une conscience tranquille, le maréchal des carabiniers dormait d'un sommeil d'enfant. Un ronflement puissant — qui s'entendait de loin et guidait, par les nuits sans lune, les voisins rentrant chez eux — emplissait la chambre d'un trait rythmé dont la tessiture variait parfois de façon inattendue. Un sourire confiant rajeunissait le gros homme endormi. Il rêvait qu'invité par les Bolognais, il présidait un concours où rivalisaient les plus fins cuisiniers de la péninsule mais qui, tous, venaient respectueusement lui faire hommage des plats par eux réalisés.

Timoleone goûtait — en songe — une sauce onctueuse à souhait, lorsque tous les fourneaux de la prodigieuse cuisine éclatèrent ensemble dans un fracas assourdissant. Arraché à son sommeil par cette catastrophe, Rizzotto se dressa sur son séant, recouvra ses esprits, se rendit compte avec dépit qu'il se trouvait dans sa chambre et qu'un olibrius tapait furieusement contre la porte donnant sur la rue. Un coup d'œil à sa montre indiqua au brigadier qu'il n'était pas encore minuit. Il en fut indigné et hurla :

— Un moment, sauvage!

Le vacarme ne cessa pas pour tant. Timoleone proféra quelques injures bien senties et posant ses pieds nus sur le sol, maudit le sang-gêne qui le privait du plus beau rêve qu'il eût jamais fait. Dormant en chemise de nuit, le carabinier commença par glisser ses pieds dans des pantoufles, entra en soufflant dans son pantalon, se battit avec ses bretelles tout en se promettant que s'il s'agissait d'un ivrogne, il l'enfermerait dans l'unique cellule de la gendarmerie.

La bouche crispée, l'œil mauvais, râflant au passage un énorme revolver destiné à flanquer une frousse intense à celui se permettant de le déranger en pleine nuit, Timoleone sortit de sa chambre, traversa son bureau, revint sur ses pas pour gagner la cuisine afin d'y lamper à même la bouteille une goutte de Marsala, histoire de récupérer complètement son sang-froid et s'en fut ouvrir. Mais la colère grondant en lui s'envola devant le spectacle de maître Agostini, au visage défait et dont toute l'attitude trahissait la plus vive agitation.

— Enfin! Ce n'est pas malheureux!

Tant d'injustice souleva le maréchal.

— Mais don Isidoro, il est presque minuit!

— Et alors? Je croyais que les carabiniers ne dormaient que d'un œil?

Rizzotto convint que ce n'était pas là son habitude. Le bousculant quelque peu le notaire pénétra dans le poste de garde.

— Alors, Timoleone, on peut égorger tous les habitants de Folignazzaro, vous vous en fichez, eh?

— Ma qué! signor Agostini, personne ne pense à tuer son prochain ici?

— C'est ce qui vous trompe! On vient d'assassiner Eusebio Talamani!

— Qu'est-ce que vous dites?

— Ma qué! vous êtes sourd ou quoi? On vient d'assassiner le fiancé de ma fille, mon clerc Talamani!

Rizzotto dut s'asseoir car tout tournait autour de lui.

— Ce... ce n'est pas... possible... mais où? Qui?

— Où? Presque à la hauteur de l'épicerie. Qui? Amedeo Rossatti!

Timoleone se dressa d'un bond.

— Ce n'est pas vrai!

— Si!

— Non! Vous l'avez vu?

— Evidemment, je ne peux pas jurer que je l'aie vu, mais...

Et maître Agostini raconta au carabinier la bagarre dont il avait été le témoin, puis la victime, avant de partir chez lui chercher une arme et pour démontrer la véracité de son récit, il exiba un pistolet à chien du XVIIIe siècle.

— Je comptais m'en servir comme d'une matraque pour assommer Rossatti, mais quand je suis revenu, je n'ai d'abord vu personne... J'ai cru que les deux hommes s'étaient séparés pour rentrer chacun chez eux et déjà je soupirais d'aise, tout en me promettant de venir dès le matin déposer une plainte entre vos mains contre le brigadier lorsque...

La voix de don Isidoro cassa. Timoleone insista :

— Lorsque j'ai presque buté contre le corps d'Eusebio.

— Mort?

— Mort... du sang plein la poitrine.

— Du sang?

— Du sang?

— Je n'ai pas osé le toucher... J'ai l'impression qu'il s'agit d'un coup de couteau, mais, je manque d'expérience dans ce genre d'affaires...

Amedeo Rossatti... Son Amédeo, son protégé... Rizzotto croyait vivre un cauchemar. Il se raccrocha à une ultime espérance.

— Vous êtes sûr qu'il est mort?

— Je le pense.

Rizzotto soupira.

— Bon... Je finis de m'habiller... Je vous demande une minute.

Lorsqu'ils furent prêts, ils s'en allèrent réveiller Ilario Busanela, le carabinier, qui se leva de mauvaise grâce et Timoleone crut bon de lui adresser un discours sévère (oubliant sa propre humeur lorsque le notaire l'avait tiré du lit) sur les devoirs de sa charge. Ilario ne recevant aucune explication sur cette intrusion nocturne et sur les raisons profondes incitant son supérieur à le tirer du lit alors qu'il avait droit au repos, s'habilla sans parvenir à se réveiller tout à fait. Dehors, la présence du notaire le plongea dans un étonnement profond dont seule la vue du cadavre d'Eusebio Talamani — devant lequel ils arrivèrent bientôt — parvint à l'arracher. Il le regarda avant de demander :

— Il est mort, maréchal?

— Et qu'est-ce que tu t'imagines, imbécile?

Maître Agostini crut bon de préciser :

— Il n'a pas bougé de l'endroit où je l'ai trouvé.

Rizzotto haussa les épaules.

— Le contraire m'aurait surpris, signor Agostini.

Ilario, projetant le faisceau de sa lampe électrique sur le visage de feu Talamani, lui mit son pouce dans l'œil et conclut :

— Pour être mort, il est mort, maréchal.

Ramenant sa main, il laissa glisser ses doigts sur la poitrine du défunt Eusebio, sentit quelque chose de mouillé, regarda et balbutia :

— Du... du sang... C'est du... du... sang...

— Et alors? Tu ne vas pas t'évanouir, non?

— J'ai... j'ai horreur du... du sang, maréchal!

Rizzotto leva les bras au ciel comme pour

prendre Dieu à témoin de ce qu'Il l'obligeait à endurer et qu'Il devait prendre ses précautions s'Il ne voulait pas qu'un jour le brave Timoleone ne se révolte.

— Ilario, évite-moi l'apoplexie en filant chez le docteur Borgato pour le prier de nous rejoindre en vitesse!

— Et s'il refuse?

— Il ne refusera pas!

— Et s'il refuse quand même?

— Alors, tu lui ordonnes de rappliquer!

— Et s'il refuse?

— Alors, tu l'empoignes et tu nous l'amènes!

— Et...

— Et si tu ajoutes encore un mot, je te fais avaler mon bicorne!

Ilario Busanela, carabinier, partit au pas de gymnastique.

Le docteur Fortunato Borgato était un très vieil homme qui ne continuait à exercer que parce qu'aucun de ses jeunes confrères ne désirait s'enterrer à Folignazzaro. Alors, il persévérait bien qu'il fût très fatigué et que son humeur s'en ressentit. Quand on l'appelait pour un accouchement au milieu de la nuit, au petit matin ou plus simplement au moment où il se glissait dans ses draps, il se rendait chez la future mère, mais commençait par la quereller furieusement, lui reprochant de faire exprès d'accoucher à des heures impossibles, qu'il la considérait comme une menteuse, une douillette et pour tout dire une enquiquineuse, qu'elle n'avait aucune pitié ni aucun respect pour un homme qui pourrait être — selon le cas, son père ou son grand-père — et que de toute façon elle n'aurait à ne s'en prendre qu'à elle si l'épuisement l'empêchait de mener son affaire comme il le souhaiterait. De quoi vous retourner les sangs surtout quand on est en gésine, mais on était habitué aux manières de Borgato et on savait qu'il ne pensait pas un mot de ce qu'il criait et qu'il agirait au mieux. Lorque le bébé avait fait son entrée à Folignazzaro, avant de le confier à la grand-mère ou à dona Petronilla, qui depuis quarante ans remplissait les fonctions de sage-femme bénévole, le docteur ne manquait jamais d'élever le marmot à bout de bras, de bien l'examiner et de s'exclamer :

— Mon Dieu qu'il est beau! Le plus bel enfant que j'aie jamais mis au monde! ma qué! je me demande qui peut bien être le père, eh?

Plaisanterie rituelle, dont le papa riait tout le premier avant d'emmener Fortunato boire un petit verre de grappa pour se remonter.

Le docteur n'avait pu assister aux fiançailles d'Agnese et d'Eusebio parce que retenu dans un hameau par un vieux qui se décidait à mourir d'une pneumonie. Il s'en était aisément consolé, son âge ne le prédisposant plus guère à ces cérémonies et sachant — si Dieu le conservait en vie — qu'il mettrait au monde le premier-né des petits-enfants de maître Agostini. Veuf depuis fort longtemps, il vivait pratiquement seul, la femme qui s'occupait de son ménage s'en allait à sept heures du soir en lui laissant un papier sur lequel elle notait les noms et les endroits où habitaient les gens venus demander le secours du médecin. Depuis le temps qu'il exerçait, don Fortunato connaissait tout le monde, et, à moins d'accident, il se tenait si bien au courant de l'état de santé du pays que lorsqu'on venait le chercher pour une Rosalia ou pour un Simeone, d'avance il savait quel genre de maladie il lui faudrait combattre.

Le docteur s'endormait après avoir lu — comme chaque soir depuis près d'un demi siècle — quelques pages de *Virgile* qui symbolisait à ses yeux une époque où il lui semblait qu'il eût été agréable de vivre (ainsi que tous les bourrus, don Fortunato avait le cœur tendre), lorsque le carabinier Busanelo le tira du lit. Le médecin prit fort mal la chose.

— Qu'est-ce que tu veux, toi? Tu es malade?

— Non, signor docteur. C'est Eusebio Talamani...

— Le fiancé? Qu'est-ce qu'il a? Une indigestion?

— Pas exactement, signor docteur. Il est étendu de tout son long devant l'épicerie.

— Il est soûl! Va lui dire de se relever!

— Ça, signor docteur, il peut pas.

— Et pourquoi?

— Parce qu'il est mort.

— Tu te fiches de moi?

— Oh! signor docteur, je me permettrais pas!

— Alors, de quoi a-t-il bien pu mourir?

— Je pense... enfin, le maréchal pense et aussi maître Agostini que c'est d'un coup de couteau.

Don Fortunato siffla de surprise.

— Un meurtre?

— Ça y ressemble.

Le docteur se frotta les mains.

— Enfin, ça me change un peu... Aide-moi à m'habiller Ilario... Dis donc, Agostini doit faire une drôle de tête?

Pour faire une drôle de tête, le notaire en faisait une, en effet. Tout ce remue-ménage avait fini par réveiller les voisins qui arrivaient sur les lieux et commentaient l'événement. Tous mettaient une sorte de malin plaisir à présenter leurs condoléances à don Isidoro :

— Eh bien! don Isidoro, la signorina Agnese aura pas été fiancée longtemps.

— Quel malheur, maître Agostini... Un si brave garçon!

— On est de tout cœur avec vous, signor Agostini...

— Qui aurait pensé une chose pareille ce matin, don Isidoro? Ces jeunes gens semblaient si heureux...

Le notaire comprenait parfaitement qu'en dépit du respect imposé par la mort, on se payait sa physionomie et il enrageait. Toutefois, comme en tant que père de la fiancée du défunt, il représentait toute la famille de celui-ci, force lui était de demeurer et au fur et à mesure que le temps passait, son humeur devenait exécrable.

Don Fortunato, le médecin toujours bougonnant, écarta les curieux qu'il apostropha :

— Et alors? Ça vous amuse de voir un cadavre? Vous vous régalez à regarder couler le sang?

On se tut et on s'écarta tandis qu'il s'agenouillait près du mort non sans invectiver le carabinier Busanela.

— Ilario, bougre d'âne ce n'est pas le ciel, mais le cadavre que tu dois éclairer!

Il se releva très vite et s'adressa au maréchal.

— Bon, eh bien! il a été tué d'un coup de couteau en plein cœur. Du beau travail, si tu tiens à mon opinion, Timoleone.

Rizzotto chuchota :

— Vous... Vous ne pensez pas qu'il puisse s'agir d'un suicide don Fortunato?

Le vieux eut un ricanement rappelant le grincement d'une poulie rouillée.

— Se fiancer à midi et se suicider à onze heures du soir, ce serait un peu fort, non? Et pas très flatteur pour la signorina Agostini... Tu ne crois pas? Et puis, as-tu retrouvé le couteau?

— Non.

— Alors, tu estimes peut-être qu'après s'être frappé il a avalé l'arme, histoire de te jouer un sale tour? Souhaites-tu que je pratique une autopsie pour me rendre compte s'il l'a dans l'estomac? Que ça t'embête ou pas, Timeleone, c'est comme ça : Eusebio Talamani a été assassiné. Fais-le transporter où tu voudras et occupe-toi d'arrêter le meurtrier si tu en es capable. Moi, je retourne me coucher!

Et jetant un coup d'œil chargé de menaces sur ceux l'entourant, il gronda :

— Et j'espère bien que personne ne se permettra de venir encore me déranger cette nuit!

Folignazzaro ne se rendormit guère cette nuit-là car très vite on sut que le coupable était Amedeo Rossatti. Interrogé, Onesimo Cortivo, le cafetier, rappela les propos tenus en public par le brigadier et ses dires furent confirmés par les témoins-consommateurs. Prévenu, don Adalberto, le curé, surgit au moment où on ne l'attendait pas, força tout le monde à se mettre à genoux pour réciter une prière destinée à recommander l'âme de don Eusebio au Tout-Puissant. Quand ce fut terminé, il retrouva son ton courroucé :

— Et maintenant, rentrez chez vous, bande de bons à rien! sans pudeur! et persuadez-vous que ce qui est arrivé à cet homme peut vous arriver demain! car il est parti sans confession, le malheureux! Tout le monde communiera dimanche prochain! vendredi soir j'entendrai les femmes et samedi les hommes et que personne ne manque à l'appel, sinon vous aurez affaire à moi! Je suis responsable de vos âmes, ne l'oubliez pas!

Chez lui, maître Agostini réveilla sa femme et sa fille pour leur annoncer le malheur. Si elles témoignèrent, par leurs mines, de leur stupéfaction, elles ne purent cacher leur soulagement. Agnese, oubliant cette journée de larmes, se remit à sourire à des perspectives plus heureuses. Quant à dona Disiderata elle crut bon de prendre un ton prophétique pour annoncer :

— Tu vois, Isidoro? Dieu ne voulait pas de cette union...

Le notaire qui se contenait depuis pas mal de temps déjà, explosa.

— C'est facile de mettre le ciel dans nos petites saletés! Ce n'est pas Dieu qui ne voulait pas de ce mariage mais ce misérable Amedeo Rossatti car c'est lui qui a tué Eusebio d'un coup de couteau! Heureusement qu'il finira ses jours en prison, au moins j'en serai débarrassé!

Son discours vengeur fut interrompu par le bruit sourd d'un corps tombant sur le plancher. Agnese venait de s'évanouir.

Habitant tout en haut de Folignazzaro, dona Eloisa n'avait pas eu vent du remue-ménage nocturne. Aussi, lorsqu'elle entendit frapper à sa porte, elle crut d'abord à des fantômes, mais prêtant l'oreille elle reconnut la grosse voix de Timoleone. Intriguée, elle posa un fichu sur ses épaules et s'en fut ouvrir dans sa longue chemise de nuit ornée de dentelles aux poignets et au col.

— C'est pas vrai que c'est toi, Timoleone? et toi, Ilario? Mais, qu'est-ce qui vous prend? Vous seriez pas soûls des fois?

Mais le visage renfrogné du maréchal et l'air emprunté du carabinier lui firent vite comprendre qu'il ne s'agissait pas d'une plaisanterie. Alors, elle commença d'avoir peur.

— Qu'est-ce qui se passe, Timoleone? des ennuis?

— Pire que des ennuis, Eloisa, ton fils est là?

— Dans sa chambre. Il dort. Pourquoi?

— J'ai à lui parler.

— A cette heure-ci?

— L'heure n'a plus grande importance, ma pauvre...

Elle les regarda tous deux et sut qu'un grand malheur s'abattait sur elle et sur Amedeo sans qu'elle en pût encore diviner la nature.

— Je... je vais le chercher.

Rizzoto l'écarta doucement.

— Non... On monte.

Elle les vit grimper l'escalier sans pouvoir dire un mot, esquisser un geste. Elle avait froid et sans savoir exactement pourquoi, elle se mit à pleurer.

Timoleone réveilla Amedeo en entrant dans sa chambre. Le garçon avait déjà cuvé son ivresse légère. Il battit longuement des paupières avant d'admettre la réalité de ce qu'il contemplait : le maréchal et Busanela au pied de son lit. Il balbutia :

— Qu'est... qu'est-ce... qu'il y a?

— Lève-toi, Amedeo.

Il obéit, complètement perdu, incapable de répondre aux questions qui se pressaient dans sa tête.

— Non, ne prends pas ton uniforme. Habille-toi en civil.

— En civil?

— Ça vaut mieux.

Le brigadier obéit, tel un automate et quand il fut prêt, il se tourna vers ses visiteurs :

— Et maintenant?

— Et maintenant, donne-moi ton couteau?

— Quel couteau?

— Celui que tu portes habituellement sur toi?

— Je n'ai jamais de couteau!

— Faudrait pas me croire plus bête que je ne suis, Amedeo. Tu l'as caché quelque part mais nous finirons bien par le trouver!

— Mais enfin, maréchal, si vous me disiez de quoi il s'agit?

— Tu ne t'en doutes pas un peu?

— Franchement, non!

— Franchement, eh?

Pathétique, Timoleone apostropha son brigadier :

— Que toi, Amedeo, mon fils spirituel, mon disciple, tu aies pu commettre une chose aussi horrible, ça me dépasse! Depuis une heure, j'ai vieilli de dix ans et je sens que je n'aurai plus jamais mon appétit d'autrefois! Si je meurs avant mon âge, tu en porteras aussi la responsabilité! J'en prends Ilario à témoin!

— Sur la tête de ma mère, maréchal, je ne saisis rien de rien à ce que vous me racontez!

— Comédien! Tu oses me mentir à moi? à moi Timoleone Rizzotto, maréchal de carabiniers, ton supérieur hiérarchique à qui tu dois le respect en plus de la reconnaissance? Tu es donc pourri jusqu'aux moelles?

Dégoûté, Amedeo se laissa retomber sur son lit.

— Je dois être malade... Vous me parlez de choses que je comprends pas...

Puis se redressant brusquement :

— Vous semblez insinuer que j'ai commis un acte regrettable?

— Regrettable?... Tu l'entends, Ilario? Regrettable! il daigne trouver son geste regrettable! Et dis-moi, monstre féroce, Eusebio? Eusebio Talamani? celui qui t'avait chipé ta fiancée, cette gourde d'Agnese... tu t'en souviens?

— Si je me souviens d'Eusebio? Et pourquoi ne m'en souviendrais-je pas? Et d'abord, je ne vous permets pas d'insulter Agnese!

— Un conseil, petit : ne monte pas sur tes grands chevaux parce que je t'obligerai à en redescendre à coups de pied dans les fesses! et d'une! et de deux : qu'as-tu fait d'Eusebio?

— Ce que j'ai fait d'Eusebio?

— Oui! d'Eusebio! Tu ne serais pas devenu sourd, eh?

— Eusebio, je l'ai laissé par terre, le salaud!

— Rossatti, je vous somme de manifester un peu plus de décence dans vos propos touchant un homme que...

— ... que j'ai joliment rossé! Ah! j'y suis! il a porté plainte, ce lâche? et c'est pour ça que vous êtes ici? Ma qué! pourquoi au milieu de la nuit, eh?

— Parce que les carabiniers se dérangent même la nuit quand ils ont connaissance d'un crime.

— Un crime? Où ça?

— Presque devant l'épicerie.

— Presque devant... Là où j'ai...

— Là où tu as assassiné Eusebio Talamani!

Une fraction de seconde, le jeune homme crut à une mauvaise plaisanterie mais le regard dur de Timoleone, celui, apitoyé de Busanela l'invitèrent à admettre que nul dans cette chambre ne songeait à plaisanter.

— Alors... vous êtes venus pour... pour...

— Pour t'arrêter, Amedeo... Au nom de la Loi... tu finiras la nuit en prison et demain on te remettra aux carabiniers qui arriveront de Milan.

Rossatti se prit la tête à pleines mains.

— Ce n'est pas possible!... ce n'est pas possible! Je n'ai pas cogné si fort que cela tout de même!

— Pas besoin de cogner tellement fort quand on tient un couteau!

— Moi?... Moi, je tenais un couteau?

— Que tu lui as planté dans le cœur!

Avant que Rizzotto ait pu se protéger, Amedeo lui sautait dessus et lui empoignant la gorge commençait à la lui serrer de telle façon que le maréchal devint très vite violet.

— Vous n'avez pas le droit! menteur! vous n'avez pas le droit! jamais de ma vie je ne me suis servi d'un couteau!

Le carabinier Busanela tapotait sur l'épaule de Rossatti, disant :

— Brigadier... Attention, brigadier... Brigadier, vous l'étouffez! Brigadier, c'est pas des manières! Il est maréchal... Brigadier, ça va être un second crime!

Le mot « crime » rendit sa lucidité à Amedeo qui lâcha Timoleone, lequel, pendant cinq minutes, émit une étrange symphonie de râles, de hoquets, de déglutitions bruyantes, de rots douloureux et quand enfin il réussit à reprendre son souffle ce fut pour dire d'une voix flûtée :

— Tu as porté la main sur moi... Mes galons, tu t'en fous... Anarchiste! Caïn! Conseil de guerre! Tu n'y coupes pas!... Quant à toi, Ilario, tu auras de mes nouvelles! Tu me laissais assassiner sans intervenir, eh? Complice, eh? Qu'attendais-tu pour lui flanquer un coup de crosse sur le crâne?

— Il est brigadier, maréchal!

— Il n'est plus rien, imbécile! sinon un assassin que nous emmenons et en vitesse!

— Si je vous laisse l'emmener!

Ils se retournèrent. Sur le seuil de la chambre dont elle avait ouvert la porte sans bruit, dona Eloisa dirigeait sur eux le canon d'un fusil de chasse.

— Le premier qui bouge, je lui colle toute la charge dans les tripes!

Ilario ferma les yeux pour bien montrer qu'il se désintéressait complètement des événements. Quant à Rizzotto, de violet il passa brusquement à un blanc livide.

— Alors, tu comptais emprisonner mon fils unique, misérable?

— Ecoute... Elo... lo... Eloisa... il a tutu... tué Eusebio... Je... je suis obli... bligé...

— Tu mens, Timoleone! D'ailleurs, tu as toujours été un menteur! Tu te venges! parce que je t'ai refusé autrefois!

— Encore!

— Dis que c'est pas vrai et par Dieu qui nous observe, je t'étends raide mort!

— Je... je t'en prie. Elolo... Eloisa, ne tire pas! Tu as raison : je t'aimais! je t'aime toujours, je t'aimerai jusqu'à ma mort.

— Ça risque de pas faire bien longtemps!

Désespéré, Rizzotto s'adressa à Amedeo :

— Tu n'aurais pas pu le tuer ailleurs, non?

— Maréchal, je vous jure que je suis innocent!

Eloisa consola son fils.

— Moi, je te crois, mon petit! Tu es incapable d'une pareille horreur! Mais lui, ce gros plein de soupe, il te connaît pas comme je te connais! Alors, sauve-toi parce qu'il est capable de tout, ce maudit!

Amedeo hésita quelques instants puis se glissa par la fenêtre et disparut.

Pendant une minute ou deux, le garçon enfui, les trois protagonistes du drame se regardèrent comme s'ils n'ajoutaient pas complètement foi à la réalité de la scène qu'ils vivaient. Le maréchal s'enquit doucement :

— Eloisa... tu sais ce qu'il vient de faire, ton fils?

— Il a fichu le camp, tiens!

— Non, c'est plus grave! il a déserté. Maintenant, ce n'est pas seulement la police qui le recherchera mais aussi l'armée... Il n'a aucune chance, Eloisa...

Mais farouche, ne voulant rien entendre, la signora Rossatti proclamait :

— On a toujours une chance dans nos montagnes!

— Eloisa, je t'en prie, sois raisonnable?

— Et pour être raisonnable, il faudrait que je te livre mon fils? que tu me l'emprisonnes? que tu me le tues, peut-être? Jamais! et si tu bouges, Timoleone, je te fais péter le fusil en plein dans le corps, que déjà l'envie m'en démange!

— Je ne te crois pas!

Rizzotto se redressa fièrement :

— Non, je ne te crois pas, Eloisa Rossatti! Tu es une honnête femme, une bonne chrétienne et tu ne voudrais pas charger ta conscience d'un crime aussi abominable qu'injuste! Donne-moi ce fusil!

— Jamais! et n'avance pas ou sans ça, malheur à toi!

— Donne-moi ce fusil, c'est un ordre!

Et il fit un pas en direction de la femme et elle tira. Le vacarme fut étourdissant tandis qu'une fumée âcre emplissait la pièce. Quand elle se dissipa, ils se contemplèrent, éberlués. Eloisa aplatie contre la porte où le recul de l'arme mal tenue l'avait projetée, Timoleone immobile devant elle, en un ahurissant garde-à-vous, et, un peu en retrait, Ilario, figé sur place lui aussi, mais ouvrant une bouche où l'on eût facilement fait entrer le poing fermé d'un homme ordinaire. Contrairement à toute attente, Rizzotto reprit le premier ses esprits et la voix quelque peu étranglée par l'émotion, se contenta de remarquer :

— C'est malin, eh?

Eloisa, les mains jointes, les yeux pleins de larmes, prenant conscience de ce qu'elle avait failli commettre était dans l'incapacité absolue d'articuler un mot. Soudain, le carabinier Ilario Busanela se mit à gémir bruyamment en montrant, de l'index tendu, quelque chose sur le lit et le maréchal se retournant, découvrit son beau plumet coupé au ras du bicorne par la charge de chevrotines. Il eut un râle d'épouvante retardée :

— Eloisa... tu as failli me tuer!

Elle se mit à pleurer à gros sanglots et quand elle reprit son souffle, ce fut pour dire :

— Tu me laisses le temps d'empaqueter mes affaires?

— Parce que tu t'en vas?

— Ma qué! tu m'emmènes, eh?

— Mais où diable! veux-tu que je t'emmène?

— En prison, pour tentative d'assassinat sur la personne du maréchal des carabiniers...

— Grosse bête!... Alors tu te figures que Timoleone Rizzotto voudrait déshonorer une femme qu'il a jadis aimée comme tu me forçais à me le rappeler tout à l'heure?

La signora Rossatti baissa la tête, honteuse.

— C'était pas vrai...

— Mais ça aurait pu être vrai, Eloisa mia...

En un réflexe commun, ils tombèrent dans les bras l'un de l'autre. Eloisa fléchit légèrement sous le choc et Ilario Busanela, bien qu'ému ne put s'empêcher de sourire devant les efforts du maréchal et de la signora pour s'embrasser mutuellement les joues en comprimant une poitrine et un ventre qui les écartaient inexorablement.

CHAPITRE III

Timoleone Rizzotto dormit très mal cette nuit-là. Rentré vers quatre heures du matin, fatigué, attendri par le comportement d'Eloisa et son repentir, bouleversé par la fuite d'Amedeo, il avait remis au matin le soin de prévenir la police milanaise. Il se donnait pour raison qu'il se sentait trop éreinté pour expliquer clairement les événements au téléphone et quant à écrire un rapport, il n'en avait pas le courage. Au vrai, en retardant le plus possible le moment d'alerter les autorités compétentes, il accordait une chance supplémentaire à Rossatti de gagner la Suisse, distante de quelques kilomètres. Bien sûr, il jugeait abominable l'acte commis par Amedeo mais parce que le meurtre de Talamani comportait l'amour pour motif, il se parait de couleurs ennoblissantes. Au surplus la victime lui déplaisait toujours souverainement, sa mort n'ayant en rien atténué son aversion. Pour toutes ces raisons, le maréchal s'endormit la conscience tranquille. Seul, le regret de son beau plumet perdu par la faute d'Eloisa retarda de quelques minutes son sommeil.

Mais, sans doute, était-il écrit que Timoleone Rizzotto ne pourrait reposer longtemps en paix car à l'aube prenante, la porte de sa chambre s'ouvrit avec violence devant don Adalberto qui tonna :

— Timoleone! encore au lit? Tu n'as pas honte de paresser alors que l'injustice enfièvre Folignazzaro?

Réveillé en sursaut, la tête lourde, la bouche pâteuse, le maréchal assis sur son séant, regardait sans le voir l'intrus vociférant. Il fallut que le prêtre le prit aux épaules et le secouât durement pour qu'il atteigne à une claire conscience du monde extérieur et tout de suite, il s'emporta :

— Paresser, alors que je viens à peine de me coucher? Je meurs de sommeil, moi!

— Tu dormiras une autre fois! allez! hop! debout!

— Non!

— Non? Tu refuses d'obéir à ton curé? Prends garde Rizzotto, tu me connais : je suis patient mais...

— Padre! comment un homme d'église peut-il mentir avec autant de cynisme?

— La question n'est pas là et laisse à mon évêque le soin de me juger! Tu dois te lever immédiatement! Une fois de plus, on veut immoler l'agneau et tu voudrais jouer les Ponce Pilate? Fourre-toi bien dans le crâne, Timoleone, que je ne le permettrais pas!

Rizzotto passa une main moite sur son front

où lui paraissait reposer un poids énorme. Il grogna :

— Padre... ça ne vous ferait rien de vous exprimer de manière intelligible?

— Lève-toi d'abord, je ne peux pas discuter avec un homme couché... Tu n'es pas malade, n'est-ce pas?

Le maréchal geignit :

— Oh! si...

— Qu'est-ce que tu as?

— Sommeil!

— Tu recommences?

— Et puis je n'ai pas d'appétit... C'est la première fois que ça m'arrive depuis que je suis au monde!

— Tant mieux! tu grossiras moins! Lève-toi et ne m'oblige pas à te le répéter!

Maugréant, soufflant, Timoleone s'arracha à ses draps et lorsqu'il fut debout, en chemise, sur sa descente de lit, don Adalberto ricana :

— Tu n'es vraiment pas beau! et dire que tu as été un enfant comme les autres! Est-il permis qu'on puisse détériorer de cette façon l'œuvre du Seigneur! Quand je pense que ta Marietta a eu ce spectacle sous les yeux pendant des années! Ah! je comprends qu'elle se soit laissé mourir, la pauvre femme...

Indigné, Timoleone — toujours en chemise — croisa les bras sur sa poitrine (et du coup son indignation perdait toute majesté).

— Et c'est pour m'insulter que vous arrivez chez moi à une heure pareille? Vous m'avez toujours détesté!

— Moi? en voilà une idée! je t'aime bien, au contraire, mon gros, et tu le sais. Je te considère comme un des plus intelligents de mes paroissiens.

Amer, Rizzotto souligna :

— Et c'est pourquoi sans doute vous me traitez d'imbécile à tout bout de champ?

— C'est l'affection, idiot! Si tu étais vraiment un imbécile, je ne viendrais pas te réveiller pour solliciter ton aide afin de sauver Amedeo Rossatti!

— Un assassin? et c'est à moi le maréchal des carabiniers que vous osez proposer de faire échapper un meurtrier à la justice? à cette Justice que je représente?

— Tu vas me laisser parler, oui? Amedeo n'est pas coupable!

— Ah! elle est raide celle-là! Pas coupable? mais il a reconnu lui-même qu'il avait rossé Eusebio Talamani!

— Et alors? Il l'a rossé, d'accord, pour lui avoir pris son Agnese avec la complicité de ce vaniteux d'Agostini — encore un qui ne perd rien pour attendre! — mais ça ne prouve pas qu'il l'ait tué d'un coup de couteau!

— Qu'en savez-vous?

— Amedeo me l'a juré!

— Et vous l'avez cru? Mais tous les assassins jurent qu'ils sont innocents!

— Tu m'énerves drôlement, Timoleone et si tu possédais un brin de sagesse, tu t'en rendrais compte et tu t'arrêterais sur ce chapitre, sinon je me fâche pour de bon!

— Ecoutez-moi d'abord, don Adalberto. Etes-vous au courant de ce qu'ils m'ont fait, Amedeo et sa mère?

Et le maréchal raconta la fuite de Rossatti

protégée par sa mère et la mort à laquelle il avait échappé par miracle. Le curé riait franchement.

— Cette Eloisa... quelle femme! Je n'ignorais pas qu'elle était énergique mais quand même à ce point-là! Je la citerai en exemple!

— Pour avoir voulu me tuer!

— Prends garde à tes paroles, Rizzotto! Eloisa n'a jamais voulu te tuer! Toi-même tu conviens que c'est un accident. D'ailleurs, Dieu ne l'aurait pas permis.

— Ouais... On dit ça après coup!

— Timoleone! Deviendrais-tu impie par-dessus le marché? Ma qué! c'est toi qui as parlé de miracle, eh? et qui penses-tu donc capable de faire des miracles, sinon Dieu?

— Peut-être, padre... Mais si Amedeo n'est pas coupable, pourquoi s'est-il sauvé?

— Timoleone, mon fils, tu sais combien j'aime le Bon Dieu que je sers depuis bien longtemps et combien j'ai confiance en Lui? Mais je t'affirme que si, écartant les nuages de Son ciel, Il se penchait vers Folignazzaro pour me dire : « Rapplique en vitesse, Adalberto, que Je t'envoie mijoter en enfer! », je crois bien que je me sauverais... Amedeo a eu peur. Un point c'est tout. Au surplus, il me l'a confié.

— Parce que vous l'avez vu?

— Et comment! Amedeo est un bon fils de l'église et il n'ignore pas qu'un enfant de Dieu en danger ne trouvera d'accueil paternel qu'auprès de Lui.

— Si je vous suis bien, don Adalberto, vous connaissez parfaitement sa retraite?

— Parfaitement.

— Et... si je vous demandais de me la révéler... vous refuseriez?

— Pourquoi? J'ai confiance en toi. Tu n'es pas un Judas.

— Alors, padre, où est Amedeo?

— Chez moi.

Interloqué, Rizzotto resta un moment sans parler puis explosa :

— Et vous osez me le dire en face! Vous vous permettez de soustraire un assassin à la main de la justice? Je vais me le chercher!

— Habille-toi d'abord!

— D'accord! Si vous vous imaginez m'impressionner, vous vous trompez! Je suis votre paroissien, c'est entendu, mais d'abord je suis maréchal des carabiniers!

— C'est moins important.

— C'est ce qu'on verra!

Tout en se disputant avec le curé, Timoleone enfila son pantalon, sa tunique, ses chaussures, se coiffa de son bicorne déplumé.

— On part?

— Où ça?

— Chez vous?

— Je ne pense pas t'y avoir invité?

— Attention, padre! Ne jouons pas sur les mots. Vous m'avez bien dit qu'Amedeo Rossatti, recherché par la police — moi en l'occurrence — est chez vous?

— Oui.

— Alors, je me donne l'ordre d'aller l'y chercher!

— Je ne peux pas t'empêcher de violer mon domicile, Timoleone, mais je t'excommunie!

— Quoi?

— Je te rejette du sein de Notre Mère l'Eglise!

— Parce que j'aurai accompli mon devoir en défendant la société?

— Parce que tu te seras conduit comme un crétin! Voyons, Timoleone, tu n'es pas un mauvais homme, pourtant? Peux-tu me jurer sur l'Evangile que tu es certain de la culpabilité d'Amedeo?

Le maréchal hésita un instant, puis :

— Non.

— Tu vois? Moi, j'ai confiance dans Rossatti... Souviens-toi, il s'est toujours montré un garçon propre, honnête...

— C'est vrai... Ma qué! l'amour, eh?

— Même l'amour n'est pas capable de transformer Amedeo en un lâche qui reviendrait frapper un ennemi à terre!

— Alors?

— Alors, Rizzotto, mon bon gros, le meurtrier est quelqu'un d'autre. A toi de le découvrir!

— Et pour Amedeo, qu'est-ce que je fais?

— Il prendra son service normalement et il t'aidera à mener ton enquête.

— Non, padre, ça, ce n'est pas possible. Tout Folignazzaro est au courant et puis Maître Agostini considère la mort de son clerc comme un affront personnel. Il n'admettra pas qu'Amedeo reste en liberté!

— Je m'occuperai de don Isidoro le moment venu mais, tu as peut-être raison. Laisse à un autre le soin de chercher le meurtrier.

— Cet autre viendra obligatoirement de Milan, padre.

— Sans doute.

— Et il n'aura pas cherché depuis une heure qu'il arrêtera Amedeo.

— Il y a des chances.

— Et il bouclera son enquête.

— C'est moins sûr.

— Et il m'ordonnera de transférer le prévenu à Milan.

— Je ne le crois pas.

— Pourquoi?

— Parce que j'ai une idée... un plan que je mijoterai pendant que toi tu te mettras en communication avec Milan. Le temps que le Milanais rapplique, nous serons prêts à le recevoir. Timoleone, je te rends mon estime et je renvoie ton brigadier.

La matinée qui suivit fut fort agitée. Le premier, Ilario Busanela faillit tomber de saisissement lorsque, venant prendre son service, il se heurta au brigadier Rossatti qui le salua amicalement comme si la scène de la nuit n'avait jamais eu lieu. Incapable de comprendre quoi que ce soit à une situation le déconcertant, le carabinier se précipita chez le maréchal qui, ayant retrouvé son appétit, savourait une omelette aux oignons et qui manqua s'étrangler devant l'intrusion bruyante autant qu'irrespectueuse de son subordonné. Il avala de travers, toussa, se congestionna et ne récupéra son souffle que pour rugir.

— Ilario! qu'est-ce qui te prend? En voilà des façons!

— Maréchal!... il... il est là!
— Qui?
— Le... Le brigadier... Rossatti.
— Et où voudrais-tu qu'il soit?

Busanela ouvrit deux ou trois fois la bouche, la referma et, l'esprit en déroute, retourna dans la salle de garde remplir les papiers officiels qui l'attendaient. Tout devenait trop compliqué pour lui et il préféra se désintéresser de la question.

On vit don Adalberto rendre visite à Casimiro Piovesana, le tailleur, dont la fille Martina passait pour une des beautés du canton.

⁂

Lorsque Maître Agostini apprit d'Agnese triomphante qu'Amedeo occupait son poste comme si rien ne s'était passé, il n'en crut d'abord pas un mot. Il envoya sa femme aux nouvelles et dona Desiderata, non moins rayonnante, revint confirmer les dires de leur enfant. Outré, don Isidoro coiffa son chapeau, prit sa canne et s'en fut voir le maréchal pour lui demander des explications.

Au même moment, don Adalberto sortait de chez les Zancanaro — les fromagers — qui, la semaine précédente, avaient fiancé leur fille Sabina au maçon Zefferino Gasparini.

Bien endoctriné par le curé, Timoleone prit très mal les observations du notaire en lui demandant si oui ou non il se sentait qualifié pour donner des conseils, voire des ordres à un maréchal de carabiniers. Maître Agostini, déjà exaspéré par les attitudes de sa femme et de sa fille, répliqua sur le même ton et assura Rizzotto qu'il était du devoir d'un honnête homme d'aider un incapable dans sa tâche. Se levant de son siège, Timoleone plein d'une sereine majesté s'enquit :

— Assumez-vous la pleine signification des paroles que vous venez de prononcer, signore?

— Et pourquoi me demandez-vous ça?

— Parce qu'en ma personne vous avez insulté tout le corps des carabiniers et je suis dans l'obligation de dresser procès-verbal!

En bon homme de loi, don Isidoro redoutait les papiers. Se rendant compte qu'il s'était laissé emporter au-delà des limites permises, il tenta d'aplanir les difficultés.

— Timoleone... Les mots ont dépassé ma pensée... Je vous prie de ne point m'en tenir rigueur... J'estime beaucoup les carabiniers, ce corps d'élite... et pour vous-même, maréchal, j'ai de la considération!

— On ne le dirait pas!

— Comprenez-moi, Timoleone, je suis complètement retourné... C'est un peu mon honneur qui est en jeu. Tout le monde, à Folignazzaro, était contre le mariage de ma fille et de mon clerc... Sa disparition semble être considérée par certains comme une intervention du ciel eh bien! cela, je ne l'admets pas! Il faut qu'Amedeo Rossatti expie son forfait!

— S'il est coupable, évidemment.

— Mais il l'est!

— Qu'en savez-vous?

— Voyons, il...

— Il s'est battu avec Eusebio Talamani, c'est tout ce que nous avons le droit d'assurer, Maître Agostini. Quant au crime, il en est peut-être l'auteur comme il peut n'y être pour rien.

— En tout cas, vous m'accorderez que Rossatti est suspect?

— D'accord.

— Dans ce cas, pourquoi est-il toujours en fonction?

— Parce que tant qu'il n'est pas formellement accusé, je n'ai aucune raison de le déshonorer aux yeux d'un village qui doit le respecter, puisqu'il représente l'ordre public!

— Et s'il se sauve?

— Signore, permettez-moi de vous rappeler qu'un carabinier ne fuit pas.

La bonne foi de Rizzotto était si entière que don Isidoro s'y laissa prendre et présenta à nouveau des excuses.

Maître Agostini quittait le maréchal de carabiniers lorsque don Adalberto entra chez la couturière, la veuve Gabrielli, qui vivait seule en compagnie de sa fille, la charmante Teresa.

Ayant expédié son rapport à Milan, après s'être entretenu avec ses supérieurs, Timoleone s'aperçut qu'il était un peu plus de onze heures et qu'il n'avait encore rien prévu pour son déjeuner. Il se plongea dans une méditation profonde pour établir de façon scientifique quelle sorte de plat conviendrait plus particulièrement à son état d'âme du moment. En se présentant devant lui en un impeccable garde-à-vous, Amedeo arracha son chef à son univers gourmand.

— Qu'est-ce que tu veux?

— C'est ma mère, chef.

— Ta mère?

— Elle a quelque chose à vous confier.

— Amedeo, ta mère et moi nous nous sommes tout dit cette nuit et le mieux qui puisse arriver c'est que nous ne nous retrouvions pas en face l'un de l'autre.

— Menteur!

Ecartant son fils, dona Eloisa pénétra lentement dans le bureau du maréchal, portant avec précaution un objet couvert d'une serviette qu'elle posa sur la table. Instinctivement, Rizzotto se recula d'un pas. Il estimait avoir tout à craindre d'une femme qui avait manqué le tuer.

— Qu'est-ce que c'est ça, Eloisa?

— Devine!

D'un geste brusque, elle ôta la serviette et aussitôt une merveilleuse senteur où se mêlaient sans se confondre l'odeur du veau rôti, de l'huile d'olive, du jambon, de la tomate, du vin blanc et pointant sur le tout un léger arôme de romarin, emplit la pièce où Timoleone, les yeux exorbités, contemplait avec adoration l'admirable plat que dona Eloisa lui offrait. Une couche de riz blanc comme neige servait de coussin à ce mets magnifiquement cuisiné. Rizzotto murmura :

— Saltimbocca!... (1).

— Tout juste. J'espère qu'il te plaîra?

(1) Minces tranches de porc et de veau cuites au beurre, ensemble.

— Saints Apôtres! rien que de le sentir je me régale! Mais, Eloisa... pourquoi?

— Parce que tu t'es conduit comme un brave homme aussi bien pour Amedeo que pour moi.

— Attention! Eloisa! Tu n'essaies pas de m'acheter, eh?

En trinquant avec don Adalberto, Bertolini, le cordonnier, lui assurait :

— Vous pouvez compter sur mes filles, padre. Eufrasia et Clara sont de bonnes petites. Vous n'aurez qu'à leur dire ce qu'elles doivent faire.

***

Timoleone avait convié Eloisa à partager avec lui le saltimbocca préparé à son intention et ils mangeaient de bel appétit, ne s'interrompant de mastiquer que pour boire de belles rasades de Chianti. L'œil mi-clos, un sourire coquin aux lèvres, Rizzotto disait tendrement :

— Maintenant, je me souviens, Eloisa...

— De quoi?

— Quand je t'emmenais derrière la porcherie...

— Tais-toi! tu n'as pas honte?

— Absolument pas... Tu étais bougrement mignonne en ce temps-là et si j'avais deviné que tu cuisinerais un jour comme tu le fais présentement, je ne t'aurais jamais laissée à ce bon à rien de Rossatti.

— Méfie-toi, Timoleone! Je l'aimais mon Rossatti!

— Tu veux me rendre jaloux?

Ils rirent d'un bon rire heureux, en gens qui ne croient pas bien sûr à ce qu'ils racontent mais en se gardant tout de même un tout petit doute, pour le plaisir.

— Et quand je pense qu tu voulais me tuer, cette nuit!

— J'en serais morte de chagrin!

— Ça ne m'aurait pas ressuscité!

— Tu ne penses qu'à toi!

— Dans ces moments-là, tu sais, ma toute belle, on n'a guère le temps de penser aux autres... Tu n'as jamais songé à te remarier, Eloisa?

— Des fois...

— Et pourquoi n'es-tu pas allée jusqu'au bout?

— Parce que ceux à qui je pensais ne me prêtaient pas attention ou bien ils n'étaient pas libres...

Une digestion impeccable les entraînait dans une euphorie confiante. Timoleone déboucla son ceinturon et soupira plus qu'il ne dit :

— A présent, nous sommes libres tous les deux... et tu as tant de goût pour la cuisine...

Gamba, le forgeron, accompagné de son fils Cristoforo, l'homme le plus fort de Folignazzaro, reconduisit don Adalberto jusqu'à sa porte.

— Si c'était un autre que vous, padre, qui nous demande une chose pareille on lui aurait déjà cassé la gueule, hein, Cristoforo?

— Sûr!

— Mais vous, on est sûr que c'est pour un bon motif même si on le comprend pas très bien, hein, Cristoforo?

— Sûr!

— Alors, vous n'aurez qu'à expliquer à Cristoforo... et il expliquera à Adelina. Sa sœur l'écoute bien...

***

Don Cesare, le maire de Folignazzaro, un vieillard de 84 ans, ne sortait pratiquement plus de sa maison. Il lui fallait des circonstances climatologiques exceptionnelles pour mettre le nez dehors car depuis soixante-dix ans il avait les poumons fragiles et avait été condamné par les médecins en 1893. Pour ne pas le déranger trop, le Conseil municipal tenait séance chez lui. A la vérité, c'était le premier-adjoint, Maître Agostini, qui représentait les intérêts municipaux. Toutefois, dans les grandes occasions, don Cesare après une toilette complète et minutieuse — il estimait qu'il pouvait très bien mourir, d'un coup, dans la rue — se risquait à affronter le grand vent venu des sommets proches et qui balaie Folignazzaro d'un bout de l'année à l'autre bout.

Eloisa et Timoleone en restèrent cloués sur leurs chaises en reconnaissant don Cesare dans ce petit bonhomme gesticulant, hargneux, qui poussait brutalement la porte à l'abri de laquelle ils se livraient, avec une égale ferveur, aux joies paisibles de la gastronomie. Le maréchal finit par trouver la force de se lever :

— Don Cesare!...

Immobile, le maire contemplait le spectacle de ses petits yeux perçants. Il ricana :

— Tu ne changeras jamais, Timoleone... Qui est celle-là?

Il s'approcha de l'imposante signora Rossatti.

— Comment t'appelles-tu, petite?

Il y avait si longtemps qu'il n'était venu à l'idée de personne de désigner Eloisa par ce qualificatif, que la bonne grosse dame en eut les larmes aux yeux. Avant qu'elle ne se fut décidée à répondre, don Cesare s'exclamait :

— Oh! mais, je te reconnais! tu es Eloisa... Eloisa Bergaschi...

— Plus maintenant, don Cesare... Je suis Eloisa Rossatti.

— Ah! c'est vrai... Ce bon Rossatti... pas bien intelligent, hein? mais brave homme... Qu'est-ce qu'il devient?

— Il est mort, don Cesare.

— Vraiment? Il y a longtemps?

— Une quinzaine d'années...

— C'est curieux, je ne m'en souvenais plus... et alors, tu fricotes avec ce gros maintenant?

— Oh! don Cesare!

— Et alors? Tu es veuve, il est veuf! c'est votre droit, non?

Très digne, Timoleone tint à mettre les choses au point.

— Don Cesare, Eloisa a voulu m'apporter un cadeau d'amitié. Elle m'a préparé un saltimbocca... et j'ai pensé que la courtoisie m'imposait de l'inviter à partager un repas préparé par ses soins... Au surplus, Eloisa est la mère de mon brigadier Amedeo Rossatti qui est derrière, là...

— Celui qui a tué ce clerc de notaire?

Dona Eloisa oublia l'âge vénérable du maire et partit en guerre pour défendre son rejeton. Don Cesare l'écouta sans mot dire puis quand elle eut terminé :

— Tu prends le parti de ton fils, c'est bien, c'est normal... Ton avis, Timoleone?

— Je ne le crois pas coupable... C'est aussi l'opinion de don Adalberto.

Le vieil homme eut un rire légèrement asthmatique et qui rappelait un sac de noix sèches qui se viderait sur une table.

— Sacré Adalberto... Un gamin qui a toujours eu des idées originales... Deviendra quelqu'un...

Les autres, un peu gênés d'entendre prophétiser sur l'avenir d'un homme qui approchait de la soixantaine, ne savaient trop quelle contenance adopter. Ils n'ignoraient pas que pour leur visiteur, unique survivant de générations disparues, tous ses cadets de Folignazzaro étaient des enfants.

— Bon... Je suis venu te voir au sujet de ce meurtre, Timoleone... Arrange-toi comme tu voudras mais je ne veux pas qu'on m'embête, compris? Et puis, entre nous, je me demande pourquoi on crée tout ce remue-ménage pour un mort! J'en ai tant vu disparaître des hommes et des femmes... dont ceux d'aujourd'hui ne savent même plus le nom... J'ai eu deux épouses... Trois filles... Deux garçons... Tous au cimetière... Je me demande ce que je fiche encore là?

Il sortit brusquement sans prendre congé, retournant s'enfermer chez lui en compagnie d'ombres familières.

Lorsque le commissaire principal Rampazzo, de la police criminelle de Milan, eut été mis au courant du meurtre commis à Folignazzaro, il prit contact avec les supérieurs de Timoleone et sut très rapidement qu'il ne fallait pas trop compter sur la perspicacité du gros maréchal. Le téléphone reposé, il décida de confier l'enquête à un de ses inspecteurs. D'abord, il songea à celui pour lequel il avait un faible, Anselmo Giaretta, à qui cela plairait sûrement d'aller passer quelques jours dans la montagne. Au surplus, pour si facile qu'elle fût, une affaire élucidée est toujours une bonne note pour l'avancement. Cependant, Rampazzo connaissait la faiblesse rédhibitoire de son protégé : les femmes. Anselmo ne pouvait apercevoir un jupon sans en tomber follement amoureux et le commissaire n'ignorait pas que dans les villages de montagne on est très chatouilleux sur ces questions-là. Envoyer là-bas Giaretta, c'était courir au devant d'embêtements graves. Avec un soupir, Rampazzo passa mentalement ses effectifs en revue et finalement se décida pour le terne et studieux Matteo Cecotti qu'il donna l'ordre d'appeler le plus vite possible auprès de lui.

Les agents partis à sa recherche, découvrirent l'inspecteur Cecotti au marché où il notait les prix affichés par les commerçants pour se rendre compte si l'on respectait les prescriptions légales. Non pas que Matteo fût méchant, mais il aimait son métier, éprouvait une horreur maladive de l'injustice et tenait qu'aucun effort ne s'affirmait superflu quand il s'agissait du triomphe de la loi. Toujours vêtu de sombre, le policier n'était pas particulièrement un rabat-joie, mais une expérience amoureuse aussi courte que malheureuse l'avait plongé dans une misogynie sans faiblesse. A trente-deux ans, il se vouait au célibat et évitait avec soin toute présence féminine. Pour ses camarades, cette obsession devenait matière à plaisanterie et tous s'ingéniaient à trouver des occasions leur permettant d'envoyer des employées de bureau lui souhaiter sa fête, son anniversaire, n'importe quoi pourvu qu'ils trouvâssent l'occasion d'obliger leur collègue à embrasser la porteuse de compliment. Une fois même, avec la complicité d'une de ces demoiselles, ils avaient monté tout une histoire au terme de laquelle Matteo crut qu'on allait le contraindre à épouser une fille de la police pour réparer une faute qu'il n'avait pas commise. Heureusement, le commissaire, intervenant à point, avait rétabli l'ordre, déplacé la demoiselle et passé un beau savon aux auteurs de cette farce de mauvais goût.

L'inspecteur Cecotti n'avait rien d'un timide et si son attitude envers les femmes trahissait un désarroi étrange cela tenait à une aversion solidement ancrée et qui sans cesse le poussait à soupçonner le mensonge et la duperie. Et s'il s'abstenait d'embrasser — fût-ce furtivement — les demoiselles c'est qu'il redoutait d'être repris dans le même piège où il était jadis tombé. Un policier capable, qui possédait la confiance de ses chefs, l'estime de ses collègues et dont seul le manque d'amabilité nuisait à une carrière dont l'avancement aurait pu être plus rapide.

Le commissaire le reçut avec cordialité.

— Cecotti, l'administration, par mon intermédiaire, vous offre quelques jours de congé... Aimez-vous la montagne?

— Beaucoup.

— Parfait! Connaissez-vous le village de Folignazzaro, à quelques kilomètres de Domodossola?

— Ma foi non.

— Eh bien! ce sera une découverte pour vous. Vous partez demain matin.

— Je vous demande pardon, chef, mais à quoi dois-je cette soudaine attention?

— Au fait qu'à Folignazzaro on a tué un homme et qu'on aimerait que vous nous rameniez le meurtrier.

— Ah! bon...

— Entre nous, j'ai l'impression que le dit meurtrier a dû traverser rapidement la frontière s'il s'agit de vengeance... Si c'est le crime d'un vagabond, les carabiniers le ramasseront... De toute façon, goûtez trois ou quatre jours de repos là-haut et si au bout de ce délai la situation vous paraît sans issue, revenez. D'accord?

— D'accord, chef.

*
* *

Au volant de sa petite Fiat, l'inspecteur Cecotti grimpa paisiblement vers Domodossola. En passant à Stresa, il s'offrit deux heures de rêverie tranquille en regardant le lac. Puisque, d'après le commissaire, on lui offrait des vacances, pourquoi n'en profiterait-il pas? Après Domodossola, obliquant sur le nord-est, la petite voiture peina quelque peu sur les mauvais chemins menant à Folignazzaro où Matteo arriva vers le milieu de l'après-midi. Tout de suite, il se rendit au poste des carabiniers et si l'aspect du maréchal Rizzotto lui causa une surprise amusée, il n'en laissa rien paraître. Dès qu'il se fut présenté, son interlocuteur lui demanda :

— Aimez-vous le Grumello?

— Le Grumello? bien sûr, mais...

— Alors, suivez-moi!

Timoleone entraîna l'inspecteur dans son repaire, le pria de s'asseoir et lui versa un plein verre de Grumello frais à souhait tandis que, tout en prenant place en face de son hôte, il commentait :

— Il faut se méfier des impressions hâtives... Les contre-sens... Les erreurs d'aiguillage... Je vais tranquillement vous exposer le drame tout en dégustant ce Grumello qui nous éclaircira l'entendement!

Cecotti sourit. Ce gros homme lui plaisait, bien qu'il ne fût pas autrement satisfait de le voir traiter, avec un peu trop de désinvolture à son gré, un crime qui était quand même une chose sérieuse.

— Allez-y, maréchal, je vous écoute?

Rizzotto fit donc le récit, sans passion, de ce

qui était arrivé au fiancé d'Agnese. Il prit soin de ne pas prononcer le nom d'Amedeo. Il conclut :

— A mon avis, ça pourrait bien être un crime crapuleux...

— Comment cela?

— Eh! bien, un vagabond quelconque qui rencontre un homme dans une rue déserte, le tue et gagne la frontière.

— Parce que le cadavre avait été dépouillé?

— Non.

— Alors?

— L'assassin a pu être dérangé, prendre peur...

— Et ainsi tuer pour rien? Vous ne parlez pas sérieusement, maréchal? et puis les vagabonds passent rarement les frontières. Pour aller où? Ils seraient ramassés tout de suite où qu'ils aillent. Ce Talamani avait des ennemis?

— Disons qu'on ne l'aimait guère.

— Pourquoi?

— Parce qu'il était Milanais.

— On déteste les Milanais, ici, au point de les assassiner? Voilà qui n'est guère rassurant pour le Milanais que je suis!

En dépit de ses efforts, Timoleone voyait mal comment il pourrait se sortir de l'impasse où il s'enfermait par la force des choses.

— Non, bien sûr... Mais ce garçon était plutôt antipathique ne frayant avec personne, jouant un peu le rôle du citadin méprisant... Vous voyez ce que je veux dire?

— Parfaitement. Mais d'après ce que vous

m'avez raconté, il y a au moins une personne qui ne détestait pas Talamani?

— Et qui donc?

— Sa fiancée, Agnese Agostini?

Sans réfléchir, le maréchal s'écria :

— Elle le haïssait!

— En vérité?

— Son père la forçait à ce mariage.

— Tandis qu'elle aimait ailleurs?

— C'est possible.

— C'est possible ou... certain?

— Je ne suis pas son confesseur. Elle vous le dira elle-même si vous l'interrogez.

— Comptez-y, mon cher. Voyons, quels sont les gens importants de Folignazzaro, à part vous, évidemment? Le maire?

— Oh! don Cesare est un vieillard qui n'admet pas qu'on le dérange pour quoi que ce soit.

— Je le dérangerai.

— J'en doute.

— Vous auriez tort, maréchal. Il s'agit de trouver un meurtrier!

— Je pense que don Cesare ne s'intéresse pas aux meurtriers.

— Permettez-moi, à mon tour, de penser que je le forcerai à s'y intéresser.

— Cela m'étonnerait. Il y a encore Maître Agostini, le premier adjoint et entre nous, le maire véritable. Et puis don Adalberto, le curé.

— Il pourrait nous être d'un grand secours s'il est écouté à Folignazzaro.

— Il l'est... Quant à vous être d'un grand secours...

L'inspecteur commençait à perdre son calme.

— Vous m'étonnez, maréchal. A vous entendre on croirait que tout le monde ici est complice du meurtrier?

— Pas du tout. Pas du tout, inspecteur... simplement, je tiens à vous mettre en garde... contre les apparences.

Le policier se leva.

— Je me donne jusqu'à demain pour étudier la manière dont je mènerai mon enquête. Où puis-je m'installer?

— Vous savez, ici... il n'y a pas grand'chose... Vous feriez mieux de coucher à Domodossola.

— Jamais de la vie! En voilà une idée! Je désire rester à Folignazzaro car si l'assassin est encore au village, je l'y traquerai. Et si vous tenez à connaître mon opinion, le meurtrier d'Eusebio Talamani n'est pas un vagabond, il n'a pas quitté Folignazzaro et compte bien échapper à la justice avec la complicité de certains!

— C'est une opinion qui se défend.

— Je ferai plus que la défendre, j'en démontrerai l'exactitude, vous pouvez en être sûr, maréchal. Et maintenant, si vous m'indiquiez où il m'est possible de loger?

Sans répondre — car ce policier commençait à lui échauffer drôlement les oreilles — Timoleone appela le carabinier :

— Ilario!

Le soldat se présenta.

— Conduis donc le signor inspecteur chez Onesimo. Il doit bien avoir une chambre pour les étrangers...

Busanela parti avec celui qu'il était chargé de piloter, Rizzotto se précipita chez don Adalberto pour le mettre au courant de son entrevue. Le prêtre le rassura :

— J'ai prévu que nous aurions affaire à un individu de cette sorte s'imaginant que la vérité peut apparaître à n'importe qui et qui toujours se trompe en se fiant aux seules apparences. Je ne pense pas qu'il arrête Amedeo avant demain midi. Dès que ce sera fait, préviens-moi immédiatement, hein?

Lorsqu'il sut le métier de l'hôte qu'on lui proposait, Onesimo Cortivo montra la plus extrême mauvaise grâce, soulevant toutes les objections : bien sûr qu'il possédait une chambre mais sans eau, sans lumière, certainement pas digne d'un inspecteur de police qui trouverait tout ce qu'il lui fallait à Domodossola. Impassible, Matteo opposait à l'entêtement du cafetier un entêtement égal.

— Je me contenterai de votre chambre sans eau ni lumière.

— Et puis, pour la nourriture, nous n'avons pas grand'chose...

— Un morceau de pain et de fromage me suffira. Je ne pense pas rester plus de deux ou trois jours.

— C'est long deux ou trois jours...

— Ça dépend pour qui. L'assassin de Talamani trouvera ce laps de temps très court quand il apprendra que je suis à ses trousses.

— Chez nous, signor inspecteur, on dit qu'il faut pas vendre la peau de l'ours avant de l'avoir abattu.

— Rassurez-vous, mon ami, c'est en toute connaissance de cause que je mets en vente la peau de cet ours-là et cette chambre, vous vous décidez à m'y conduire ou s'il faut que je la réquisitionne?

Onesimo regarda son vis-à-vis avec une hostilité non déguisée.

— Vous avez de drôles de manières à Milan!

— Croyez bien que celles de Folignazzaro, si j'en juge par votre attitude, ne sont pas moins curieuses.

Vaincu, le cafetier se tourna vers le fond de la salle et rugit :

— Eponina!

Une sorte de glapissement lointain répondit à son appel et Cortivo expliqua :

— Elle est vieille, il lui faut le temps.

Au bout de quelques minutes, une femme très âgée se montra.

— Qu'est-ce que tu veux, petit?

— Montre la chambre à ce signor milanais. Il désire y loger.

La vieille examina Matteo Cecotti des pieds à la tête, haussa les épaules et conclut :

— Drôle d'idée! Enfin... La valise, vous vous la montez parce que moi, j'ai pas la force... Je grimpe devant...

Elle eut un rire de sorcière avant d'ajouter :

— Et n'essayez pas de me pincer, je suis une honnête fille!

Plaisanterie traditionnelle qui n'amusait plus les habitants de Folignazzaro mais qui nouvelle, pour le policier, le démonta quelque peu.

La chambre s'avérait beaucoup moins démunie que ne l'avait laissé entendre Onesimo. Matteo le constata avec satisfaction. Il dit merci à la bonne femme qui, les poings sur les hanches, le regardait ouvrir sa valise.

— Et alors, qu'est-ce que vous venez fabriquer chez nous?

— Arrêter un assassin.

— Celui qui a tué Eusebio, vous voulez dire?

— Exactement.

— Ma qué! vous avez donc rien à faire à Milan, que vous vous mêlez de ce qui vous regarde pas?

Sans attendre de réponse, elle lui tourna le dos et quitta la pièce, laissant l'inspecteur méditer sur l'étrange logique pratiquée dans ce village. Ayant rangé ses vêtements dans une armoire de bois blanc, il procéda à une toilette sommaire tout en se disant que bien évidemment, son arrivée ne suscitait pas l'enthousiasme. Pourquoi diable! semblait-on se liguer pour protéger le meurtrier? Même le maréchal des carabiniers, ce qui s'affirmait tout de même un peu fort! Mais celui-là ne perdait rien pour attendre et s'il témoignait encore de la moindre mauvaise volonté, s'il n'apportait pas tout le secours qu'il lui incombait d'apporter à l'inspecteur chargé d'une enquête criminelle, il aurait un drôle de rapport à l'état-major de Milan.

Il était trop tard pour entreprendre des investigations. La nuit tombait sur Folignazzaro et Matteo ne pouvait s'empêcher d'être troublé par cette quiétude semblant couler du paysage montagneux l'environnant. Appuyé à la fenêtre, il regardait ces maisons où commençaient de briller des lumières et se dit que le meurtrier, sans doute prévenu, devait s'interroger avec angoisse sur ce qu'allait entreprendre le policier venu pour l'arrêter.

Lorsque Matteo redescendit dans le café, cinq ou six hommes de tous âges étaient attablés. Pour bien montrer qu'il ne se présentait pas en ennemi, le policier lança à la ronde un cordial bonsoir, auquel personne ne répondit. Vexé, il s'en fut s'asseoir à une table où il resta seul. Eponina s'approcha :

— Peut-être que vous dîneriez, eh?

— Ce sera avec plaisir... La route est longue de Milan à Folignazzaro.

— Personne vous a demandé d'y venir! Et qu'est-ce que vous aimeriez manger?

— Qu'est-ce qu'il y a?

— De la soupe et du fromage.

— Bon, eh bien, de la soupe et du fromage.

Elle s'éloigna comme une cane fatiguée essayant de regagner la mare. Ayant oublié sa déconvenue en raison de l'accueil reçu, Matteo, prenant les choses du bon côté, se dit que jamais, vraisemblablement, enquête n'avait débuté dans de pareilles conditions. Maintenant, cela l'amusait. Une bonne histoire à raconter plus tard. Tous ces paysans, malgré leurs petites ruses, ne se révèleraient sûrement pas capables de l'empêcher de mener sa tâche à bien. D'ailleurs, il se promettait de rendre visite au maire dès le lendemain matin pour mettre ce magistrat municipal en face de ses responsabilités. Eponina lui servit son frugal repas qu'il mangea de bon appétit et le vin qu'il but lui arracha une grimace. Relevant les yeux de son verre, il surprit des sourires et manqua se livrer à un éclat, mais comme c'était évidemment ce que les autres espéraient, il se contint, se promettant d'avoir sa revanche.

La dernière bouchée avalée, Matteo se leva de sa place et avisant un homme dans la force de l'âge qui fumait sa pipe, solitaire, devant un verre de vin blanc, il prit place en face de lui sans lui en demander l'autorisation.

— Je m'appelle Matteo Cecotti et je suis inspecteur de police.

L'autre le regarda longuement, puis ôtant la pipe de sa bouche :

— C'est pas de ma faute...

Et il se remit à fumer paisiblement. Le policier un peu décontenancé par cette remarque inattendue, insista :

— Inspecteur à la Police Criminelle de Milan.

Le paysan hausa doucement les épaules et donna son avis :

— Y a pas de sot métier.

Il y eut des rires étouffés. En dépit de ses résolutions, Matteo sentit la moutarde lui monter au nez.

— Vous habitez Folignazzaro?

— Oui.

— Vous connaissiez Eusebio Talamani?

— Oui.

— Vous savez qu'on l'a assassiné.

— Ça ne m'intéresse pas.

— Vous avez une idée sur l'identité de son assassin?

— Non et je m'en fous.

— Prenez garde!

— A quoi?

Onesimo, devinant que les choses se gâtaient, s'approcha.

— Il ne sait rien, signor inspecteur... Guido vit toute la journée dans la montagne avec ses chèvres...

Cecotti profitant de l'intervention du cafetier, s'adressa aux autres consommateurs :

— Je suis ici pour arrêter le meurtrier d'Eusebio Talamani. Vous devez m'aider. C'est votre devoir!

Un quinquagénaire à l'œil rigoleur, demanda :

— En échange, vous viendrez m'aider à retourner mon jardin?

— Votre jardin? En voilà une idée!

— Vous voyez? Chacun son boulot...

— Mais enfin, pourquoi ne tenez-vous pas à ce qu'on découvre un assassin?

Une fois encore Onesimo essaya d'arranger les choses.

— Je vais vous dire, signore... C'est pas qu'on soit contre la police, mais ce Talamani, on pouvait pas le sentir... Un type qui nous regardait de haut... Il se croyait supérieur à tout le monde. Alors, celui qu'a fait le coup, il nous a un peu débarrassés, eh? Une sorte de service qu'il nous a rendu... Ça serait pas bien de le dénoncer au cas où on saurait qui c'est... Et puis, ce Talamani, il était Milanais et les Milanais par chez nous on les aime pas beaucoup.

— Je suis Milanais!

— Ça change rien.

Outré, mais ne trouvant rien à répondre, Matteo regagna sa chambre, plus décidé que jamais à arrêter l'assassin. Pour lui, cela devenait maintenant une question d'amour-propre. Il lui fallait donner une leçon à ces péquenots!

***

Le lendemain matin, l'inspecteur saluant froidement Onesimo, le pria de bien vouloir lui indiquer la demeure du maire. Le cafetier le regarda avec des yeux ronds.

— C'est don Cesare que vous désirez voir?

— Le maire de Folignazzaro est bien Cesare Lampoli.

— Oui.

— Alors, c'est bien avec lui que j'entends m'entretenir lorsque vous aurez eu la bonté de me confier son adresse, à moins que ce ne soit aussi un secret dont on ne doive pas parler?

Onesimo eut un bon rire.

— Oh! non et même dans un sens, ça plaira à tout le monde que vous rendiez visite à don Cesare.

— Que cela plaise ou non est le cadet de mes soucis!

— Bon... Vous grimpez tout droit devant vous et la première maison à votre droite où il y aura des pots en grès vernissé de plusieurs couleurs, ce sera là. Ma qué! signor, je suis pas tellement sûr que don Cesare sera content de vous voir.

— Content ou pas, il me recevra!

— Qu'il vous reçoive, d'accord! ma qué! qu'il vous parle... eh?

La porte de la demeure de don Cesare, en plein chêne, se hérissait de gros clous de fer, Matteo Cecotti jugea que le maire devait avoir la nostalgie des maisons-fortes du vieux temps. Il frappa longuement sans que personne ne vint lui ouvrir, sans qu'il perçut le moindre bruit lui donnant à penser que quelqu'un, à l'intérieur, se souciait du tapage qu'il menait. Se retournant, le policier vit une forte femme qui, les bras croisés sur la poitrine, le regardait se démener. Il l'interpella :

— Il n'y a personne là-dedans?

— Don Cesare ne sort jamais.

— Alors, pourquoi ne m'ouvre-t-il pas?

— Cette question... Parce que ça lui dit pas!

Visiblement elle tenait l'inspecteur pour un arriéré mental..

— Dans ces conditions, il n'est jamais possible de voir le maire?

— Et pourquoi donc, eh?

— Puisque la porte est fermée!

— Pas à clé!

Et la commère rentra chez elle donnant à entendre par toute son attitude qu'elle avait rarement rencontré un individu aussi bouché que ce citadin. Vexé, Matteo tourna le loquet et la porte s'ouvrit sans le moindre effort. Il entra et, après avoir soigneusement refermé derrière lui, avança en direction d'une grande pièce claire. Assis dans un fauteuil à oreillettes, un homme fort âgé le surveillait et ce fut lui qui parla le premier :

— C'est vous qui menez tout ce bruit à ma porte?

— Oui. Je...

— Et si je vous envoyais en prison?

— Moi?

— Pour rentrer chez les gens sans leur demander leur avis? Vous m'avez réveillé, jeune homme! Et ça je ne le supporte pas, vous me comprenez?

— Je vous prie de m'excuser!

— C'est facile!

— Ma qué! vous ne tenez quand même pas à ce que je vous berce pour vous endormir, eh?

— Ce à quoi je tiens, je vous le confierai quand vous aurez daigné me faire savoir à quoi rime votre venue?

— Vous êtes le maire de Folignazzaro?

— Pas besoin de vous pour l'appendre! Je le sais bien que je suis le maire. Je l'étais déjà que vous n'étiez pas encore né! Mais vous, qui êtes-vous?

— Matteo Cecotti, de la Police Criminelle de Milan.

— Les Milanais me dégoûtent!

— Les gens de Folignazzaro ne me sont pas sympathiques non plus!

— Dans ce cas, retournez vite chez vos Milanais!

— J'y retournerai avec plaisir mais en compagnie du meurtrier d'Eusebio Talamani!

— Si ça vous chante!...

— Ce qui me chanterait, signore, ce serait que vous me facilitiez ma tâche!

— C'est vous ou moi qu'on paie, pour exercer votre métier?

— Moi, évidemment, mais...

— Alors, faites-le et foutez-moi la paix!

C'était la première fois de sa carrière que le consciencieux Cecotti se heurtait à une pareille mauvaise volonté.

— Je vous prierai de remarquer, signore, qu'on a tué un de vos administrés!

— J'aurais souhaité qu'on les exterminât tous parce que tous, tant qu'ils sont, ils m'embêtent, comme vous en ce moment!

— Dans ces conditions, il ne me reste qu'à me retirer.

— Enfin, une bonne idée!

— Mais je vous avertis loyalement que je serai dans l'obligation d'adresser un rapport à mes chefs sur votre manque de coopération.

— Si ça vous amuse... Des rapports sur moi, il doit y en avoir plein les archives. Alors, un de plus un de moins, eh? Bonsoir!

Et fermant les yeux, don Cesare, s'endormit.

Dehors, la même femme surveillait le départ de Cecotti. Il la salua en disant :

— Les affaires doivent curieusement marcher à Folignazzaro avec un pareil maire!

— Ma qué, lui, le pauvre, il s'occupe de rien, c'est Maître Agostini, le premier adjoint, qui abat tout le travail.

— Et où habite-t-il ce Maître Agostini?

— La dernière maison, en allant vers Domodossola... La plus belle maison du pays... C'est que don Isidoro Agostini est notaire!

Matteo s'en voulut de ne pas s'être rendu tout de suite chez le premier adjoint qui, de plus, se révélait directement mêlé au drame puisque ex-futur beau-père de Talamani. Mais il avait cru de bonne politique de respecter les usages en allant d'abord saluer le maire.

Il devina que cette jeune fille au joli minois qui répondait à son appel devait être Agnese, la fiancée de la victime. Sur sa demande et après lui avoir — les yeux baissés — rendu son salut, elle l'invita à la suivre et le conduisit dans le bureau de son père en compagnie duquel elle le laissa. Sitôt qu'il sut la qualité de son visiteur, Maître Agostini perdit de sa roideur :

— Je connaissais votre arrivée et j'attendais votre visite.

Le policier raconta son infructueuse démarche auprès de don Cesare. Le notaire haussa les épaules :

— Nous le gardons comme un vieil emblème... une sorte de totem... Mais il ne se mêle de rien. Nous ne le lui permettrions pas d'ailleurs! Vous emmenez le meurtrier dès ce soir?

— Dès ce soir? Il faudrait d'abord que je le démasque!

— Que vous le démasquiez? Excusez-moi, signore... je ne saisis pas?

— Permettez-moi de vous dire à mon tour que je ne comprends pas? Connaîtriez-vous l'auteur du meurtre, par hasard?

— Ma qué! bien sûr que je le connais, comme tout le monde ici.

— Tout le monde?

— Naturellement. Ecoutez...

Et don Isidoro raconta toute l'histoire : les amours secrètes d'Amedeo et d'Agnese, sa décision de marier sa fille à son clerc à qui il comptait laisser son étude, l'opposition d'Agnese, la colère d'Amedeo, ses menaces. Il précisa que le jour des fiançailles, Amedeo s'était battu en sa présence avec Eusebio, qu'il avait atrocement traité, si atrocement que pour tenter de l'empêcher de l'achever, lui, le notaire était retourné à son domicile pour chercher une arme, mais que lorsqu'il était revenu, il n'avait trouvé qu'un cadavre.

Matteo n'en revenait pas. Ainsi, sous les regards goguenards de tout le pays, il se serait livré à une enquête minutieuse pour découvrir ce que nul n'ignorait.

— J'avoue, maître, que votre récit me déconcerte... Vous avez mis le maréchal de carabiniers au courant?

— Timoleone? Je pense bien!

— Mais alors, pourquoi ne m'en a-t-il pas parlé?

— Parce que cet Amedeo Rossatti est le brigadier des carabiniers.

CHAPITRE IV

L'inspecteur Cecotti traversa Folignazzaro à la vitesse d'une fusée spatiale. La colère, l'humiliation et la rage le propulsaient. Tout en fonçant droit devant lui sous les regards étonnés des rares personnes qu'il croisait et qui, rentrées chez elles, s'avouaient n'avoir jamais cru un Milanais capable de filer à pareil train, Matteo s'enivrait de projets de vengeances terribles à l'égard de ce traître de maréchal de carabiniers et de tout ce village se voulant complice d'un meurtrier. Une seule chose le préoccupait : pourquoi le brigadier restait-il tranquillement en place au lieu de fuir ou de se dénoncer? Etait-il donc à ce point assuré de l'impunité qu'il s'imaginait pouvoir se permettre de narguer la police criminelle de Milan que Cecotti incarnait? Dans ce cas, il allait voir ce qu'il allait voir!

Le policier n'entra pas dans le logis des carabiniers, il y fit irruption. Ilario Busanela qui, sur le seuil, montait une garde paisible, faillit tromber de sa chaise. La stupéfaction le priva un instant de tout réflexe et quand enfin il reprit ses esprits, Matteo se trouvait déjà dans le bureau du maréchal, plongé dans un doute agréable touchant la manière dont il allait préparer sa polenta. A la *tirolese* (1)? Ou à la *moda di Lodi* (2)? Il ne parvenait pas à se décider. L'apparition fracassante de l'inspecteur l'arracha à ses perplexités charmantes et il se montra choqué par le manque de civilité de ce Milanais se conduisant chez lui comme en pays conquis. Le souffle court, Cecotti récupérait avant de se lancer dans la diatribe préparée à l'intention de Rizzotto lorsque ce dernier, profitant de son silence, lui coupa tous ses effets, en s'enquérant paisiblement :

— Il y a le feu?

— Le feu... où?

— C'est ce que je vous demande, signore?

— Je ne sais pas s'il y a le feu, maréchal, et je m'en moque! Par contre, ce dont je ne me moque pas c'est l'affreux scandale qui a Folignazzaro pour cadre!

— Un scandale à Folignazzaro? Vous m'étonnez, signore.

— Votre étonnement ne peut dépasser le mien en apprenant qu'un maréchal de carabiniers loin d'obéir à son devoir pactise avec un criminel contre la loi!

— Et ce maréchal, signore, c'est?...

— Ma qué! vous!

Timoleone détestait se mettre en colère car

(1) Au vin blanc et au beurre d'anchois.
(2) Au fromage d'Emmenthal et au jambon cru.

cela faisait monter sa tension et lui brouillait l'estomac, ce dont il avait horreur surtout quand il s'apprêtait à préparer son déjeuner.

— Voilà qui exige des explications, signore, et de bonnes explications, sinon je serai dans l'obligation de me fâcher.

— Vraiment?

— Vraiment.

— Cessez de plaisanter, je vous prie! Pourquoi n'avez-vous pas arrêté votre brigadier, Amedeo Rossatti?

— Et pour quelles raisons l'aurais-je arrêté?

— Parce qu'il a assassiné Eusebio Talamani!

— Vous l'avez vu?

— Qu'est-ce que j'ai vu?

— Amedeo tuer Talamani?

— En voilà une question! Vous vous figurez sans doute que nous n'arrêtons les meurtriers que lorsque nous avons assisté à l'exécution de leur forfait?

— J'ai bientôt quarante ans de métier, signor inspecteur, je n'ai jamais arrêté un innocent. Ce n'est pas aujourd'hui que je commencerai même pour vous être agréable!

— Il ne s'agit pas de m'être agréable, maréchal! mais de faire votre devoir et votre devoir exige que vous arrêtiez le meurtrier d'Eusebio Talamani!

— Quand je le connaîtrai!

— Vous n'ignorez pas qu'il s'agit de Rossatti!

— Alors, vous m'accusez de mentir?

Cecotti marqua un temps et se rendit

compte qu'il s'avérait préférable de changer de ton.

— Signor Maréchal, voyons les choses calmement. Je comprends très bien que vous soyez chagriné d'arrêter un de vos hommes, c'est normal, c'est humain... mais Rossatti aimait Agnese Agostini... Il était furieux de son futur mariage avec Talamani. C'est l'histoire classique inspirée par la jalousie.

— Chez nous, signore, à Folignazzaro on ne se tue pas pour des affaires de ce genre. Nous sommes catholiques.

— Mais la passion...

— On se soulage avec des cris. Nos femmes ont les voix les plus puissantes de toute l'Italie et un répertoire qui, de l'avis des connaisseurs, ne souffre pas de comparaison.

— Je veux bien vous croire, mais Maître Agostini a presque été témoin de ce meurtre!

— C'est avec des presque qu'on commet des erreurs judiciaires.

— Bon... Je me rends compte que vous vous refusez à coopérer!

— Je me refuse à participer à une injustice.

— C'est bien ce que je pensais! Je serai dans l'obligation, rentré à Milan avec le prisonnier, d'adresser un rapport sévère sur votre compte, signor maréchal.

— Vous agirez comme vous l'entendrez, signor inspecteur.

Cecotti n'était pas préparé à un conflit l'opposant à ses auxiliaires habituels, les carabiniers. Il ne doutait pas que le commissaire Rampazzo, qui avait horreur des histoires, serait très mécontent et que cela risquait de ternir l'éclat de sa réussite. Il tenta un dernier effort.

— Signor maréchal, l'opinion du notaire vous indiffère?

— Complètement.

— Pourquoi?

— Parce que l'opinion d'un homme qui vend sa fille ne m'intéresse pas.

— Permettez-moi de souligner que cela ne vous regarde pas.

— Permettez-moi de vous rappeler que c'est vous qui m'en parlez.

Matteo avait la nette impression de se heurter à un mur et que, par la faute de ce poussah de carabinier, une aventure des plus simples, susceptible d'être réglée en quelques heures, risquait d'entraîner de fâcheuses complications. Soudain il crut avoir une idée de génie :

— Signor maréchal, vous m'avez bien dit que les gens de Folignazzaro sont de bons catholiques?

— Et je vous le répète volontiers.

— Dans ce cas, si le curé vous conseillait de m'aider pour l'arrestation d'Amedeo Rossatti, vous inclineriez-vous?

— Je n'ai jamais, même gosse, désobéi à don Adalberto.

Cecotti se sentit brusquement soulagé d'un gros poids. Il se leva :

— Alors, maréchal, vous pouvez préparer la cellule où vous enfermerez le meurtrier.

Le petits yeux de Timoleone disparurent

dans les bourrelets graisseux que son sourire déclenchait en vagues sur sa grosse figure.

— Rien ne me ferait plus de plaisir, signor inspecteur.

Dona Serafina examina d'un œil méfiant le visiteur qui se présentait à sa porte. Il ne lui parut pas antipathique, mais la vieille femme craignait tous les visages inconnus. Elle était de nature méfiante.

— Qu'est-ce que vous désirez, signore?

— M'entretenir avec le padre si la chose est possible?

— Vous vous appelez comment?

— Matteo Cecotti et je suis inspecteur de police.

La gouvernante eut un grognement, de sens mal défini. Le mot de policier ne lui plaisait pas du tout. Une aversion qu'elle portait en elle et qui venait de loin, du temps où elle se cachait du garde-champêtre pour chaparder des fruits.

— Je monte lui demander s'il peut vous recevoir.

Et elle lui ferma la porte au nez. L'inspecteur s'en jugea offensé et sa sympathie pour Folignazzaro et ses habitants n'en fut pas augmentée.

— Hé! L'homme!

Matteo tourna la tête de tous côtés pour deviner si c'était à lui que s'adressait cet appel fort proche.

— Regardez donc vers le ciel, jeune homme!

Cecotti leva la tête et aperçut le visage émacié de don Adalberto auréolé de ses cheveux blancs.

— Qu'est-ce que vous me voulez?

— Vous êtes le padre?

— Et qui pensez-vous que je sois? Le pape?

— Bon... Je peux vous parler?

— De quoi?

Cet étrange dialogue entre ciel et terre déconcertait l'inspecteur. Décidément à Folignazzaro, on semblait se soucier fort peu de la loi et de ses serviteurs!

— C'est assez confidentiel...

— Vous souhaitez vous confesser?

— Pas du tout! En voilà un idée!

— Une idée normale chez un prêtre, jeune homme, et permettez-moi de vous dire qu'on ne se confesse jamais assez! Alors, vous vous décidez à me confier ce que vous désirez?

— C'est à propos du meurtre de Talamani. Je suis inspecteur de police.

— Et qu'est-ce que j'ai à voir là-dedans, moi?

— Je suis là pour vous l'expliquer.

— Entêté, eh? C'est bon, je descends... quoique la justice des hommes, elle ne m'intéresse pas beaucoup!

La pauvreté de la cuisine, dans laquelle il pénétra, inspira une sorte de respect à Cecotti. Don Adalberto lui désigna un siège et s'excusa :

— Je n'ai rien à vous offrir.

— Je croyais les habitants de Folignazzaro très pieux?

— Et alors? Ils n'en sont pas riches pour autant, au contraire! Je vous écoute.

Le policier expliqua les difficultés auxquelles il se heurtait et pourquoi il sollicitait le secours du padre afin de convaincre le maréchal de lui prêter main-forte. La réponse, brève, claqua comme un coup de fouet.

— Non!

— Mais, padre...

— Non! Je n'ai pas à me mêler de l'ordre temporel. Au surplus j'approuve entièrement le maréchal qui est un très honnête homme. Amedeo n'est pas coupable.

— Sur quoi vous basez-vous pour?...

— Il a fait sa première communion ici.

Désemparé, Matteo cherchait l'enchaînement logique de cette cérémonie pieuse et l'innocence d'un crime commis quinze années plus tard.

— Je ne vois pas ce que?...

— Vous ne connaissez pas Amedeo et moi, je le connais. C'est là toute l'explication. Ce garçon est incapable d'un geste tel que celui dont vous vous permettez de l'accuser sans preuve!

— Mais le notaire...

— Un crétin prétentieux! Il déteste Amedeo... Il a peur qu'il lui prenne sa fille, mais que cela lui plaise ou non, il la lui prendra parce que ce qui est écrit dans le ciel, ce n'est pas ce poseur d'Agostini qui l'effacera!

Cecotti commençait à s'énerver sérieusement. Son ton trahit son exaspération.

— Je m'étonne, padre, que vous preniez le parti du coupable!

— Je prends le parti de l'innocence, jeune homme! et quand bien même vous auriez raison et Amedeo se serait-il oublié au point d'attenter à la vie d'un de ses frères, il ne m'appartiendrait pas de vous le livrer!

— Cependant, les droits de la Justice...

— ... ne sont rien auprès de ceux du ciel. Jeune homme, vous m'ennuyez. Je vous ai assez vu. Serafina, reconduis-le.

Matteo se retrouva dehors avant de comprendre pleinement le sens exact de sa situation. Légèrement hébété, il demeurait sur place, ne réalisant pas encore complètement qu'il venait d'être mis à la porte par ce petit curé de rien du tout, lui, l'inspecteur de la police criminelle de Milan! Et puis, une fureur sauvage — sans doute héritée d'une lointaine aïeule ayant fauté avec Ludovic le More — le secoua. Ah! tout le monde se liguait contre lui pour l'empêcher de mettre la main au collet de l'assassin? Eh bien! ces brutes de Folignazzaro allaient s'apercevoir de quel bois se chauffait Matteo Cecotti! On se passerait du padre! on se passerait du maréchal des carabiniers! Que le notaire fasse une bonne et belle déposition, qu'Agnese dise seulement que son amoureux avait, en sa présence, juré qu'il tuerait son rival et hop! l'affaire était dans le sac! Le policier repartit d'un pas vengeur vers la demeure de Maître Agostini.

Maître Agostini ne souleva aucune difficulté pour écrire une déposition qui ne laissait pas le moindre doute sur la culpabilité d'Amedeo touchant le meurtre de Talamani. Lorsque le notaire eut remis sa déclaration signée au policier, ce dernier le pria de lui envoyer sa fille et de le laisser seul avec elle.

Agnese se montra, toujours aussi jolie, toujours avec son air de petite fille craignant d'être grondée :

— Signora, je suis à Folignazzaro pour arrêter le meurtrier de votre fiancé. Je suis donc en droit, je l'espère, de compter sur votre aide?

— Non.

Voilà que cela recommençait!

— Et pour quelles raisons, s'il vous plaît?

— Parce que je détestais Eusebio et celui qui l'a tué m'a débarrassée.

— Signorina, vous me permettrez de m'étonner de vous entendre parler de cette façon toutefois, je ne suis pas venu pour vous enseigner la morale mais bien pour vous demander de me parler d'Amedeo Rossatti.

— Amedeo...

Elle prononça le prénom avec des inflexions de voix, une sorte de roucoulement qui trahissaient assez sa passion.

— Amedeo... Je l'aime...

— Je m'en doutais, figurez-vous, mais quel genre d'homme est-il?

— Le plus beau, le plus doux, le plus tendre, le plus fidèle...

Cecotti interrompit cette litanie d'un ton sec :

— Je vous remercie, signorina.

Et l'inspecteur sortit de la demeure d'Agostini en grommelant que ceux qui prétendent que l'amour donne de l'esprit aux filles, mentent.

Matteo expliqua au maréchal des carabiniers les résultats de ses démarches. Il conta l'étrange manière dont il avait été reçu par don Adalberto et Timoleone ne put s'empêcher de rire. Cecotti pour reprendre le dessus déclara qu'il avait dans sa poche la déposition signée du notaire et que cela lui suffisait pour procéder à l'arrestation du brigadier des carabiniers. Il ordonnait au maréchal de l'assister dans cette opération, sinon il se verrait dans l'obligation de téléphoner immédiatement à Milan. Rizzotto regarda son vis-à-vis avec des yeux ronds.

— Vous savez où il habite Amedeo?

— Non.

— Tout en haut du village!

— Et alors...

— Vous voudriez que nous y grimpions à cette heure-ci?

— Qu'est-ce que cette heure a de particulier?

— Ma qué! il va être midi!

— Et alors?

— D'abord, le soleil est trop chaud pour cette ascension, ensuite je suis en train de préparer mon déjeuner. Je me suis décidé pour la polenta à « la moda di Lodi »... Voulez-vous la manger avec moi?

Avant de répondre, le policier examina soigneusement Timoleone pour deviner s'il se moquait ou non de lui mais il dut se rendre à l'évidence : le maréchal était sincère.

— Vous avez une curieuse conception de vos devoirs, signor maréchal!

— Mais non, mais non, c'est vous autres gens des villes qui prétendez toujours faire vite ce que l'on peut tout aussi bien faire lentement. Amedeo est chez sa mère parce que c'est son jour de repos et parce qu'il est innocent...

— Que vous dites!

— Que je dis, signor inspecteur. Pourquoi se sauverait-il maintenant plutôt que ce matin ou cette nuit, eh? D'autre part, une polenta à « la moda di Lodi », ça ne se prépare pas en soufflant dessus, eh? et quand vous aurez mon âge, signore, vous comprendrez que rien n'a grande importance sinon ce que l'on mange et ce que l'on boit et aussi ce que l'on pense. Mais surtout pas ce que l'on vous oblige à faire!

Ils mangèrent en tête à tête la polenta à « la moda di Lodi » et Cecotti, honnête, dut convenir qu'il n'en avait jamais dégusté de meilleure, réflexion qui mit Timoleone de la plus conciliante humeur. Ils vidèrent une bouteille de Grumello puis allumèrent un cigare et jugèrent d'un commun accord que l'arrestation d'Amedeo Rossatti pouvait attendre qu'ils aient achevé leur digestion. Chauffant dans leur main droite le petit verre de grappa que Rizzotto était allé chercher dans un coin secret, ils bavardaient par à-coups, tous deux gagnés par une somnolence à laquelle seule la présence de l'autre les empêchait de céder.

— Et notre Agnese, qu'est-ce que vous en pensez, signor inspecteur?

— Une sotte! elle ne sait que chanter les louanges de son Amedeo!

— Elle l'aime...

— Ce n'est pas une raison!

— Oh! si!... L'amour, ça vous transporte, ça vous pousse à voir les choses comme elles ne sont pas... On trouve toutes les vertus à ceux qui vous plaisent... C'est seulement après qu'on ouvre les yeux... mais, c'est trop tard...

— Je me félicite donc de les avoir ouverts avant!

Rizzotto le contempla, incrédule.

— Dois-je comprendre, signor inspecteur, que vous n'avez jamais été amoureux?

— Si, une fois. Et je ne suis pas décidé à le redevenir! Celle qui me mettra le grappin dessus n'est pas prête à se montrer!

— Qui sait, signore?

— Moi, signor maréchal!

Vers les quatre heures de l'après-midi, Timoleone montait en compagnie de Cecotti vers la demeure d'Eloisa, après avoir obtenu du policier qu'il ne passerait pas les menottes à Amedeo et qu'il ne l'emmènerait pas le soir même à Milan. Avant de partir, le maréchal avait discrètement prévenu le carabinier Busanela d'aller mettre don Adalberto au courant.

Rizzotto montait en geignant que ce n'était pas digne d'un chrétien que d'obliger un homme de son âge et de sa corpulence à de pareilles ascensions. Ce à quoi Matteo répondait qu'il ne s'affirmait pas davantage chrétien de tuer un homme.

Ce fut Eloisa qui les reçut. Tout de suite, flairant la catastrophe, elle prit les devants :

— Timoleone! tu vas pas recommencer tes bêtises, eh?

D'entrée, cette réflexion inattendue démolissant tout ce qu'il pensait jusqu'ici du respect porté aux carabiniers, démonta Cecotti qui assista en spectateur incrédule à la joute oratoire opposant la maîtresse de maison au maréchal.

— Eloisa! Je suis avec un inspecteur de la police criminelle de Milan!

— Et qu'est-ce que tu veux que ça me fasse?

— Il ne s'agit pas de ça. Ce signore est convaincu de la culpabilité de ton fils.

— Alors, c'est un imbécile!

Matteo sursauta. Il était donc écrit que dans ce Folignazzaro dont il ne soupçonnait même pas l'existence quelques jours plus tôt, il verrait battre en brêche tout ce qu'il respectait, tout ce à quoi il croyait!

— Prends garde à tes paroles, Eloisa, parce que tu pourrais bien accompagner ton fils en prison!

— Et qui donc a l'intention de mettre mon Amedeo en prison, eh?

— Lui!

— Alors, je me le tue!

Et ce disant, elle s'en fut chercher son fusil. Quand elle réapparut, Cecotti eut du mal à déglutir sa salive. Il balbutia :

— Ma... maréchal... c'est tout... tout ce que vous faites?

— Rappelle-toi que tu as failli me tuer, Eloisa!

— Je regrette de pas t'avoir tué, maudit! traître! Judas!

— Continue comme ça, ma fille, et je te traîne à travers le pays, les menottes aux poignets!

Attiré par le bruit, Amedeo descendit l'escalier.

— Qu'est-ce qu'il se passe?

Sa mère se jeta sur lui et le prit dans ses bras.

— C'est ces monstres qui ont décidé de t'emmener en prison!

— Pourquoi?

L'inspecteur jugea que son tour était venu de prendre la parole.

— Parce que vous êtes soupçonné du meurtre d'Eusebio Talamani.

— C'est faux!

— Il faudra le prouver. J'ai promis au maréchal de vous ramener librement.

Le jeune homme réussit à convaincre Eloisa d'attendre la suite des événements et sortit avec les deux hommes. Mais, du seuil, les regardant s'éloigner, la signora Rossatti, en larmes, clamait son désespoir et ses menaces :

— Timoleone tu es un monstre! Le ciel te punira! Tu arraches le fils unique d'une mère! Maudit soit le jour où tu es né! Bâtard! Honte de l'humanité! S'il arrive quelque chose à mon Amedeo, je te tuerai de mes mains, assassin! Voleur d'enfant!

Et à bout de souffle et de courage, elle lança ce qu'elle estimait l'injure suprême :

— Hérétique!

Elle ne savait pas trop ce que cela signifiait

mais elle se souvenait que don Adalberto en usait pour stigmatiser les ennemis du Christ.

Tandis qu'ils redescendaient et que la voix de dona Eloisa s'estompait, Matteo Cecotti s'enquit :

— Elles sont toutes comme ça, à Folignazzaro?

— Toutes.

Lorsque Timoleone Rizzotto ordonna à Busanela de coller en cellule son brigadier, le carabinier hésita. Il s'agissait là d'un événement nouveau et pour lequel le règlement n'avait rien prévu. Il ouvrit la porte du local disciplinaire, se mit au garde-à-vous quand Amedeo passa devant lui et lorsque ce dernier se fut assis sur la paillasse, il interrogea :

— Et maintenant, qu'est-ce que je fais?

— Tu sors et tu fermes à clé.

— Et la clé, je vous la donne?

— Tu la gardes.

— Je préfère vous la remettre parce que moi, je suis sûr de la perdre.

Matteo Cecotti piqua une belle colère lorsqu'ayant voulu interroger Rossatti, le prisonnier lui passa la clé à travers le judas pour qu'il put le rejoindre. Il s'emporta après Busanela indigné :

— Mais c'est le brigadier qui a la responsabilité de la clé!

— Pas quand il est lui-même en prison!

— Et comment voulez-vous que je le sache? C'est la première fois que je vois une chose pareille! Et puis, dites, la clé vous vous la prenez, vous vous la gardez et vous me fichez la paix!

Sur ces paroles définitives, Ilario Busanela retourna sur sa chaise, se chauffer au soleil, donnant clairement à entendre qu'il se désintéressait d'un monde où l'on mettait en prison les brigadiers de carabiniers.

Alors que l'inspecteur s'apprêtait à procéder au premier interrogatoire d'Amedeo, don Adalberto entra et gagna directement la cellule.

— Me voici, mon fils, comme tu l'as demandé.

Rossatti parut bien un peu surpris de cette annonce mais n'en laissa trop rien paraître.

— Tu désires te confesser à ce que m'a appris ta sainte mère?

Le brigadier marqua tout de même un certain étonnement d'apprendre du même coup qu'il souhaitait se confesser et que dona Eloisa accédait brusquement à la sainteté sans que personne n'en ait été prévenu.

— D'accord, padre.

Cecotti tenta d'intervenir.

— Permettez, padre, je dois interroger cet homme et...

Don Adalberto le toisa avec un mépris évident :

— Jeune homme, à Folignazzaro, personne ne se permet de vouloir passer avant moi!

— Mais, je suis ici au nom de la Loi!

— Et moi, au nom de Dieu! C'est quand même autre chose, eh? Sans doute n'ignorez-vous pas qu'une confession a lieu sans témoin?

— Evidemment, mais...

— Dans ces conditions, veuillez sortir, je vous prie. Je vous rappellerai quand j'aurai terminé.

La rage au cœur, Cecotti céda la place. Dès qu'il se fut éloigné, don Adalberto s'assit à côté du prisonnier :

— Amedeo, mon fils, sur la tête de ta mère, sur la tête d'Agnese, tu me jures que tu n'es pour rien dans la mort de cet imbécile de Talamani?

— Je vous le jure, padre.

— Je te crois.

— Mais, puisque ce n'est pas moi, qui donc l'a tué?

— J'ai une très vague idée là-dessus mais il me faut le temps pour tâcher d'y voir clair et ce temps, nous allons le gagner ensemble.

— Comment?

— Toi, en ne t'étonnant de rien... Je veux dire de tout ce qui peut se passer... Tu gardes un mutisme complet... Tu ne confirmes pas, mais tu ne nies pas davantage... Tu invoques l'honneur, ta conscience, enfin tout ce que tu voudras. Et pour débuter, avec ce Milanais venu nous donner des leçons, voilà de quelle façon tu dois t'y prendre...

Et don Adalberto chuchota longuement à l'oreille d'Amedeo qui approuvait de la tête. Lorsque le prêtre eut achevé de donner ses conseils, il se releva, bénit Rossatti et à voix forte déclara :

— Tu peux vivre en paix, mon fils, te voilà bien nettoyé.

De l'autre côté de la porte, rongeant son

frein, Matteo attendait. En sortant, don Adalberto lui sourit :

— Je vous le livre blanc comme neige, mon fils!

— A votre point de vue!

— C'est le seul qui compte, jeune homme. Pendant que j'y suis, vous ne voulez vraiment pas vous confesser?

Cecotti fut sur le point de répondre une grossièreté.

— Non, merci.

— Dommage... Vous devez en avoir lourd sur la conscience pourtant. On ne traque pas l'innocence sans éprouver des remords... Je regrette de ne pouvoir vous tenir compagnie plus longtemps, mais mes obligations que vous prenez à la légère...

Le policier ne résista plus. Son respect de la religion craqua comme une digue fissurée sous la poussée irrésistible des eaux.

— Padre!... J'ai été élevé dans la religion catholique... J'ai la conviction d'être un bon chrétien... Je suis prêt à vous obéir en tout et pour tout dans votre église mais en dehors, je vous demande de me foutre la paix!

— Un bon chrétien pas très respectueux, eh?

Cecotti ferma les yeux, crispa les poings, serra les mâchoires mais parvint toutefois à murmurer :

— Partez, padre!... partez, ou je vous colle en cabane!

Don Adalberto éclata de rire.

— Farceur de Milanais, va! Mais j'aime bien la plaisanterie... Au revoir, amusez-vous bien...

Le policier râla :

— M'amuser!...

— Et n'oubliez pas que je vous attends à confesse, eh?

Il partit, alerte, tandis que Matteo vacillait au bord de la crise nerveuse. Timoleone, qui, caché derrière sa porte entrebâillée, avait assisté à la scène, s'approcha.

— Un numéro ce don Adalberto, eh?

— Ah! vous, le maréchal, foutez-moi la paix!

Et il fonça dans la cellule où Amedeo allongé sur son lit fumait en rêvant à Agnese. Busanela, horrifié qu'on eût osé parler sur ce ton à son supérieur, attendait un éclat. Rizzotto se contenta de remarquer :

— Ils ne sont pas tellement bien élevés dans la police criminelle, eh?

Dans la cellule où le prisonnier le contemplait, goguenard, Cecotti resta un long moment silencieux afin de récupérer. Il était bien décidé à emmener Amedeo le soir même à Milan, dans sa voiture en dépit des promesses faites à Timoleone. Il en avait assez de Folignazzaro et de ses sauvages d'habitants. Il commença doucement :

— Vous devriez savoir qu'il est interdit de fumer en prison, eh?

— Ma qué! Je ne suis pas encore inculpé, eh?

— J'ai l'impression que ça ne tardera pas!

— Chacun son opinion, signore.

— Amedeo Rossatti, reconnaissez-vous avoir tué Eusebio Talamani?

— Non.

— Naturellement!
— Naturellement...
— Vous admettrez pourtant qu'il était votre rival?
— Mon rival?
— Il allait épouser la fille que vous aimiez?
— Qui ça?
— Comment : qui ça? Ma qué! Agnese Agostini!
— Oh! signor inspecteur, vous n'ignorez pas le dicton : une de perdue, dix de retrouvées.
— Vraiment?
— Vraiment.
— Amedeo Rossatti, prêtez bien attention à votre réponse : vous fichez-vous de moi, oui ou non?
— Je ne me le permettrais pas, signore!
— Et vous auriez raison. Si, comme vous le prétendez — contrairement à l'opinion unanime — vous ne vous intéressiez pas particulièrement à Agnese Agostini, pourquoi avez-vous rossé Eusebio Talamani au point de le laisser sur le sol, privé de sentiments?
— Moi?
— Oui, vous!
— Je n'ai jamais touché à Talamani.
— Quoi?
— Je vous le répète, signor inspecteur : je n'ai pas touché à Talamani.
— Mais malheureux! Maître Agostini a assisté à votre bataille!
— C'est lui qui le prétend!
— Insinueriez-vous qu'il ment?
— Pourquoi pas?
— Et dans quel but?

— Tout le monde à Folignazzaro vous apprendra qu'il me détestait parce que je fréquentais sa fille.

— Je croyais que vous n'aimiez pas cette jeune personne?

— S'il ne fallait fréquenter que celles qu'on aime pour toujours!...

Intérieurement, Amedeo demanda pardon à son Agnese de la renier.

— C'est votre moyen de défense? Il ne servira à rien, car j'ai dans ma poche le témoignage écrit du signor Agostini!

— Eh bien! ce sera sa parole contre la mienne!

— Si vous voulez.

— Il est assermenté!

— Moi aussi.

Exaspéré, Cecotti prenait conscience que ce qui lui semblait une simple formalité devenait un problème difficile à résoudre. Il ne pouvait emmener Rossatti à Milan sous l'inculpation de meurtre sur la simple déposition de Maître Agostini. Il lui fallait reprendre l'enquête et trouver des témoins de l'attachement d'Amedeo envers Agnese et de la haine du garçon pour son rival.

— Si vous vous imaginez vous en tirer de cette façon, vous vous trompez!

— Me tirer de quoi?

— Du pétrin où vous vous êtes mis.

— Où vous m'avez mis, signor inspecteur! Sur un simple racontar d'un père jaloux, vous collez en prison un brigadier de carabiniers... Je ne suis pas tellement certain qu'on appréciera en haut lieu votre manière d'agir à mon égard?

Durant ce duel oratoire, don Adalberto se rendit chez la signorina Carafalda, une vieille fille qui tenait le petit bureau de poste de Folignazzaro. Tout de suite, le padre se montra d'une humeur aimable et qui surprenait ceux le connaissant depuis longtemps, comme la signora Carafalda.

— Gelsomina, je sais ton attachement à l'église et ton dévouement pour son serviteur... C'est au nom de l'église que je viens te demander un grand service...

— Si je puis vous le rendre, padre...

— Sûrement, ma fille, sûrement, il te suffira d'un peu de bonne volonté. Voilà : j'imagine que très peu de lettres partent de Folignazzaro chaque jour?

— Très peu, padre.

— Est-ce que par hasard, tu relèves les adresses de celles qu'on envoie?

— Toujours, padre. D'abord, parce qu'il y en a très peu et ensuite en cas de réclamation. Ce ne serait pas possible dans un vrai bureau de poste mais, ici...

— Et ces adresses, Gelsomina, ma bonne Gelsomina, sur quoi les relèves-tu?

— Sur un cachier réservé à cet usage.

— Ce cahier, Gelsomina, ma chère fille, ne pourrais-je y jeter un coup d'œil?

— C'est que padre, c'est interdit!

— Mon enfant, penses-tu vraiment qu'on puisse interdire quelque chose au Bon Dieu dont je suis le représentant à Folignazzaro?

Dans le cœur de la vieille demoiselle, son attachement à l'église et son respect envers l'administration se livraient un duel sans merci. Papelard, don Adalberto essayait de faire pencher la victoire de son côté.

— Obéir à l'administration, c'est très bien, c'est honnête, mais cela, au bout du compte, ne peut vous procurer qu'une petite retraite, tandis qu'obéir à Dieu, c'est acquérir le droit à l'éternité du Paradis!

Le change parut nettement favorable à Gelsomina qui se décida en faveur des biens futurs.

— Mais personne ne le saura, n'est-ce pas, padre?

Don Adalberto prit un air choqué.

— Gelsomina!... Ouvrir ce cahier, c'est, pour moi, comme d'entendre les gens dont les noms y sont portés, en confession.

Elle alla chercher le cahier.

— Vous savez, padre, il n'y a pas toujours le nom de l'expéditeur.

— Aucune importance! Ils ne sont pas tellement nombreux à savoir écrire...

Tandis que la postière guettait l'éventuelle arrivée d'un client, le prêtre, avec de sourds grognements de plaisir, prenait connaissance de la correspondance partie de Folignazzaro depuis six mois. Il eut vite terminé et, refermant le cahier, avant de le rendre à sa légitime propriétaire, il déclara :

— De ton côté, Gelsomina, oublie ma visite... Il n'y aura que toi et moi qui saurons avoir travaillé, dans le secret, pour la plus grande gloire de Dieu, ou, du moins, de Son enseignement.

— Amen.

— Gelsomina, je suis fier de toi et je dirai ma messe de mardi prochain gratuitement à l'intention de ta défunte mère, une bien brave personne de son vivant et qui doit avoir trouvé sa place parmi les élues. Et puis je ferai brûler un cierge de huit lires pour le repos de l'âme de tous les Carafalda.

Eperdue de reconnaissance, Gelsomina joignit les mains.

— Oh! merci padre.

— Un service en vaut un autre... Alors, ces huit lires?

— Pardon?

— J'ai dit un cierge de huit lires.

— Mais je croyais...

— C'est la messe qui est gratuite, ma fille, pas le cierge.

Matteo Cecotti se donna un mal fou ce soir-là pour tenter de rassembler des témoignages contre Rossatti. Il fut aidé dans sa tâche par le notaire outré du mensonge d'Amedeo. Sous son regard impitoyable, Agnese, interrogée en sa présence, dut confesser que le brigadier l'aimait à la folie, qu'ils s'étaient mutuellement jurés d'être mari et femme et qu'il lui avait promis, dans un mouvement passionné, de supprimer tous ceux qui oseraient s'opposer à leur bonheur. Le policier en frémit de joie. Don Isidoro accompagna l'inspecteur à travers Folignazzaro et son autorité — et aussi les reconnaissances de dettes qu'il détenait — contraignirent des gens qui aimaient bien Amedeo pourtant, à convenir qu'ils étaient au courant de la tendresse du jeune homme pour Agnese Agostini. Il n'y avait que le pugilat ayant mis le carabinier aux prises avec Talamani qui ne puisse être confirmé, du fait que le notaire en avait été le seul témoin. Mais, Cecotti estima que son dossier s'affirmait assez riche pour justifier une arrestation. Après avoir bien remercié Maître Agostini, il réintégra la maison des carabiniers, annonça à Rossetti que les témoignages recueillis l'obligeaient de maintenir son arrestation, en attendant son transfert à Milan qui aurait lieu le lendemain matin. Amedeo accueillit la nouvelle avec sérénité.

— Une grave erreur que vous commettez, signore.

— Tant pis, mon garçon. Je prends les risques!

Matteo déclara au maréchal qu'il le rendait responsable, et que si par hasard, quand il viendrait le chercher, Amedeo ne se trouvait plus dans sa cellule, c'est lui qu'il emmènerait à Milan pour fournir des explications à qui de droit. Puis, il téléphona au commissaire Rampazzo afin de lui annoncer son succès et son retour. Le commissaire le complimenta du bout des lèvres car, devant la réussite de Cecotti, il regrettait de n'avoir pas confié la tâche à son favori, Anselmo Geratta. Satisfait de sa journée, Matteo s'en fut chez Onesimo Cortivo prendre un maigre repas, gagna sa chambre et s'endormit du sommeil heureux du vainqueur.

Pendant ce temps, Timoleone Rizzotto conférait avec don Adalberto qui finit la soirée chez la couturière, la signora Gabrielli, devant laquelle il parla longuement à sa fille Teresa, au joli minois.

En se réveillant ce matin-là, Cecotti regardant le ciel à travers la fenêtre, jugea qu'il était du plus beau bleu qu'il avait jamais vu et la chambre plus que modeste, qu'il occupait, lui parut agréable dans sa simplicité. Les mains croisées derrière la nuque, l'inspecteur se donnait la satisfaction de savourer les premières minutes d'une journée qui, pour lui, se révélerait triomphale. D'abord, il commencerait par river leur clou à tous ces prétentieux de Folignazzarais s'étant imaginé le duper, puis il attendrait d'être au plein milieu de la journée pour installer le prisonnier dans sa voiture, afin que chacun put assister au spectacle. Matteo tenait à une revanche écrasante et publique. Il hésitait sur un seul point : irait-il prier le padre de l'entendre en confession, histoire de bien lui montrer que lui aussi, il le mettait dans sa poche avec toutes ses ouailles y compris ce cafetier insolent, ce maréchal boulimique, ce maire atrabilaire et ce carabinier complètement idiot, sans compter naturellement le dénommé Rossatti Amedeo qui s'était permis de s'offrir la tête d'un inspecteur de la police milanaise!

Dans le café désert, Onesimo essuyait mélancoliquement des verres, les yeux perdus dans une brume tirant vraisemblablement son origine des nombreux verres de grappa bus la veille au soir en compagnie de vieux camarades aussi assoiffés que lui. Il feignit de ne pas s'apercevoir de la présence de Cecotti, mais le policier entendait n'épargner aucun des habitants de Folignazzaro auxquels il avait eu à faire. Souriant, aimable, désinvolte, il s'approcha du cafetier :

— Belle journée, eh?

L'autre haussa les épaules, désabusé.

— Si on veut...

— Savez-vous que votre Folignazzaro commençait à me plaire?

Onesimo laissa glisser sur Matteo un regard légèrement vacillant.

— Je l'aurais pas cru...

— Et pourtant... Au premier abord, c'est plutôt rébarbatif, je l'avoue : ces montagnes, ce vent qui ne cesse pratiquement pas de souffler et puis l'amabilité de vos concitoyens qui n'est pas exactement celle qu'on pourrait attendre... Ils sont toujours comme ça?

— Ça dépend avec qui.

Cecotti méprisa l'allusion, bien décidé à ne laisser ternir sa joie par quiconque.

— C'est toujours au moment où l'on se met à lier vraiment connaissance qu'il faut s'en aller...

Il poussa un soupir qui intrigua Cortivo.

— Parce que vous nous quittez?

Nouveau soupir aussi hypocrite de l'inspecteur.

— Bien obligé... Ma mission terminée, rien

ne me permet plus de rester à Folignazzaro.

A la grande satisfaction du policier, Onesimo mordit à l'hameçon.

— Elle est terminée votre mission?

— Oui, j'ai mis la main au collet du meurtrier de Talamani. Je n'ai plus qu'à le ramener à Milan. Lorsque je l'aurai repassé à mes supérieurs, je me lancerai sur une autre affaire. Hélas! ce n'est pas le travail qui manque dans mon métier.

En artiste consommé, il resta un instant silencieux avant de soupirer une fois encore et de dire d'une voix émue :

— Pauvre garçon... Briser sa carrière, perdre sa liberté peut-être pour vingt ans... Passer toute sa jeunesse en prison et tout ça pour une fille, qui, dans deux mois, ne pensera peut-être plus à lui... c'est triste, non?

— Triste oui.

Le cafetier était sincère et Cecotti eut un peu honte de la comédie qu'il lui jouait.

— Allez, au revoir, signor Cortivo... Je partirai vers trois heures de l'après-midi... Je ne suis pas un sauvage et je ne l'empêcherai pas de dire adieu à sa mère, de jeter un dernier coup d'œil sur sa maison qu'il ne reverra sûrement plus... Il y a des moment où le métier est dur à exercer.

Quand il referma la porte du café derrière lui, Matteo savait qu'Onesimo se précipiterait chez ses amis pour leur apprendre la nouvelle et que dans moins d'une heure tout Folignazzaro serait au courant.

Chez les carabiniers régnait une réconfortante odeur de pain grillé et de café. Dans sa cellule, Amedeo déjeunait en compagnie du maréchal. L'inspecteur ouvrit la porte tout en demandant, narquois :

— Je ne vous dérange pas au moins?

Les deux autres ne parurent en rien troublés et Timoleone lui offrit un peu de café au lait qu'il refusa avec la plus grande dignité.

— Je ne souhaite pas vous couper l'appétit, Rossatti, mais j'ai de mauvaises nouvelles pour vous.

Le brigadier ne sembla pas s'émouvoir outre mesure.

— De votre part, signore, cela ne m'étonne pas.

— Maître Agostini confirme ses dires, Agnese a reconnu que vous aviez, à plusieurs reprises, juré de tuer votre rival si jamais elle se soumettait à la volonté de son père et enfin tout une liste de personnes m'ont certifié votre passion pour la signorina Agnese. Désirez-vous que je vous les énumère?

Le maréchal observa tout de suite.

— A Folignazzaro on a beaucoup d'imagination, signor inspecteur.

— J'en suis persuadé mais quand le rêve se confond avec la réalité, il devient vérité. Je crois qu'il serait bon de prévenir la mère de ce garçon que je l'emmène à Milan.

Timoleone leva les bras au ciel.

— Signor inspecteur, je connais Eloisa depuis qu'elle a ouvert un œil sur ce monde. C'est bien simple : si elle apprend votre intention, elle fiche la révolution dans Folignazzaro et maintenant que vous m'avez enlevé mon brigadier, nous ne sommes plus que deux. Dans ces conditions, je ne réponds plus de l'ordre! Quand comptez-vous partir?

— Vers trois heures, je pense.

— Alors ceci demande réflexion... Vous permettez que je me retire un instant pour mieux me concentrer et réfléchir à la question?

— Quelle question, maréchal?

— Ma qué? la *collazione*, signore!

— Signor maréchal, je vous parle de choses graves!

— Moi aussi, signore. Voyons : il est à peine dix heures moins un quart, je crois que j'ai le temps de vous préparer un « petto di vitello di latte ripieno » à vous lécher les doigts! Busanela?

Le carabinier abandonnant la chaise où il se tenait comme une moule sur son rocher, se précipita.

— Signor maréchal?

— Prends un papier et note ce que je vais te dire!

— A vos ordres!

— 700 grammes de poitrine de veau... Oh! et puis, mets donc un kilo, va... 150 grammes de jambon gras et maigre... fais attention, Ilario, qu'on ne te refile pas que du gras, sans cela tu auras à faire à moi, eh? 150 grammes de mortadelle... 50 grammes de parmesan... deux œufs... une tête d'ail... et quelques brins de persil. C'est tout.

Amedeo, qui jusqu'alors n'avait pas ouvert la bouche, protesta :

— Et la sauge, maréchal? Vous oubliez la

sauge! Ma mère met toujours de la sauge!

Timoleone sauta comme si une guêpe le piquait.

— Je respecte ta mère, Amedeo, mais je suis contraint de te dire qu'elle cuisine bien sans doute, mais sans génie!

— Je ne vous permets pas, signor maréchal, de...

— Que tu me le permettes ou pas, c'est la même chose! Eloisa a toujours manqué de cette inspiration qui fait les grandes cuisinières! Moi, oui, je suis un inspiré! Alors, je sais de quoi je parle et ce n'est pas un morveux comme toi qui m'apprendra comment on prépare un « petto di vitello di latte ripieno »! Busanela tu as vingt minutes pour me rapporter tout ça!

— A vos ordres!

Le carabinier bondit, raflant un panier au passage et le maréchal souriant, conclut :

— Un garçon dévoué, ce bon Ilario...

Matteo Cecotti n'en croyait pas ses oreilles. Ce maréchal qui ne se souciait que de manger... Ce garçon inculpé de meurtre et qui ne s'émouvait que pour parler cuisine... A se demander si tous ces gens jouissaient encore de leur bon sens? Folignazzaro faisait-il partie de l'univers normal où les hommes et les femmes redoutent de finir leur existence en prison? La sincérité de ces carabiniers apparaissait si évidente que l'inspecteur ne pouvait soupçonner qu'ils jouaient la comédie à seule fin de se moquer de lui. Il entreprit de les ramener sur terre.

— Signor maréchal, je suis surpris, au moment où la justice vous enlève votre brigadier, auquel vous semblez porter beaucoup d'amitié, que vous ne songiez qu'à préparer votre déjeuner.

— L'appétit n'a rien à voir avec les sentiments, signore!

— Quant à vous Rossatti vous paraissez ne pas vous rendre compte que vous risquez vingt années de prison pour le moins?

— Et alors? Ce n'est quand même pas une raison pour que je fasse la grève de la faim, eh?

Ne sachant quoi répondre, Cecotti resta coi et Timoleone lui frappant familièrement sur le bras, l'invita gentiment à lui donner un coup de main :

— Vous vous mettez le tablier et vous hachez menu le persil, l'ail, la mortadelle et le jambon.

Parce qu'il était un homme ne rusant jamais avec lui-même, Matteo dut convenir qu'il avait merveilleusement déjeuné. Assis sur sa chaise, ayant gardé dans la bouche, en dépit du Grumello et de la grappa les subtiles saveurs de la farce composée par Timoleone, il se trouvait dans cet état second où l'esprit se sent détaché d'un corps alourdi par la digestion. En face de lui, le maréchal dormait et Amedeo — contrairement à la plus élémentaire des disciplines — s'assoupissait doucement. De la salle de garde, venait le ronflement d'Ilario Busanela que la chaleur avait terrassé. Très loin — ou très près, Cecotti n'étant plus guère capable d'apprécier — une horloge sonna les deux coups de l'heure. Le policier s'ébroua pareil au chien sortant de l'eau et frappant sur la table pour éveiller les autres qui soulevèrent les paupières lourdes dévoilant des yeux aux regards nimbés de réprobation : ces Milanais ne sauraient décidément jamais vivre! Dans la salle de garde, le ronflement de Busanela cessa. Dans le silence épais qui suivit, Matteo annonça d'une voix pâteuse :

— Fini de rire, les affaires sérieuses commencent... Nous partons dans une heure, Rossatti... Il serait peut-être temps de prévenir votre mère?

— Il y a belle lurette qu'elle est au courant.

— Comment ça?

— Vous devez bien penser que le village a envoyé des émissaires auprès d'elle.

— Dans ce cas, pourquoi n'est-elle pas venue ici? Où est-elle?

Timoleone se mêla à la conversation.

— Vous tenez à savoir où elle est, signore? Bon... Ilario!

Busanela se précipita.

— Dis au signor inspecteur où se trouve Eloisa.

— Elle est sur la route de Milan à deux cents mètres du village, assise derrière un talus avec son fusil.

Le policier ne comprenait pas.

— En voilà une idée! Et qu'est-ce qu'elle fabrique là-bas?

— Elle vous attend.

— Moi? Ma qué! pourquoi?

— Pour vous tirer dessus.

Et Ilario aimable, tint à expliquer :

— Dame! vous lui prenez son fils, alors... eh?

Timoleone crut de son devoir d'ajouter :

— En plein soleil, vous vous rendez compte?

Cecotti n'éprouvait aucune envie de plaisanter.

— Je me rends surtout compte que vous êtes au courant du guet-apens qui m'est tendu et que vous ne prenez aucune mesure! Que vous semblez juger tout naturel qu'on essaie d'attenter à mes jours!

— Ilario!

— Maréchal?

— Va dire à Eloisa qu'elle cesse de jouer les idiotes ou bien que je vais me fâcher! Et porte lui ce qui reste de Grumello dans la bouteille, qu'elle doit avoir soif la pauvre.

— Ma qué! maréchal... il faut que je traverse tout le village!

— Et alors?

— Il fait chaud!

— Ilario Busanela, es-tu carabinier, oui ou non?

— Oui, maréchal.

— Dans ce cas, obéis et tais-toi.

— Bien, maréchal.

Ilario partit en traînant le pied. Cecotti se leva.

— Merci pour le déjeuner... Amedeo Rossatti, donnez-moi votre parole que vous ne chercherez pas à vous enfuir et je ne vous passerai pas les menottes.

— Vous avez ma parole, signor inspecteur.

— Dans ce cas, préparez-vous.

Et c'est à ce moment précis où chacun des convives se hissait péniblement — sauf le policier déjà debout — au-dessus de son siège pour reprendre la position verticale que la veuve Gabrielli fit une entrée fracassante, traînant à la remorque sa jolie petite Teresa quelque peu décoiffée. Avant même que Timoleone et ses hôtes aient pu ouvrir la bouche, la signora Gabrielli criait :

— Où est ce policier de Milan?

Du doigt, Timoleone montra Matteo. D'une secousse du bras, la bonne femme attira sa fille à elle et la propulsa littéralement contre la poitrine de l'inspecteur se demandant quelle diablerie ces damnés Folignazzarais avaient encore inventée!

— Dis-lui tout, maudite! Confesse-toi en public, honte de mes jours! Dévergondée! que ton pauvre père, il doit se retourner dans sa tombe en voyant la fille que tu es! Dites, signor inspecteur, une petite à qui j'ai donné que des bons conseils, c'est pas à vous dégoûter de mettre des enfants au monde? Vous avez des enfants, vous?

— Non.

— Eh bien! vous connaissez pas votre bonheur! Tu vas parler Teresa ou je t'assomme?

La tête baissée, Teresa flûta :

— J'ose pas...

La veuve se tourna vers Amedeo.

— Alors, parle, toi, bon à rien! Suborneur! Voleur d'honneur! Malfaisant!

— Moi? Et qu'est-ce que vous voulez que je dise?

— T'as honte, eh? Eh bien! puisque vous êtes sans courage tous les deux, moi je lui raconte tout au signore de Milan!

Et prenant Cecotti par les revers de son veston, elle lui jeta dans le nez :

— Vous savez ce qu'elle m'a fait, à moi sa mère, cette sans pudeur? Elle m'a trompée! Pendant que je la croyais chez sa tante, elle était allée rejoindre ce voyou d'Amedeo! Elle l'a attendu comme une fille des rues au sortir du café de cette crapule d'Onesimo, cet empoisonneur public. Qu'est-ce que vous en dites?

Le policier commença par se dégager avant d'assurer la brave femme que le comportement de sa fille ne le regardait en rien et que de plus elle n'aurait plus à redouter la mauvaise influence d'Amedeo puisqu'il l'emmenait en prison à Milan.

— Mais, justement, signore, c'est ça qui est pas possible!

— Et pourquoi donc?

— Parce que ces deux-là, ils étaient ensemble en train de trafiquer Dieu sait quoi pendant qu'on assommait ce malheureux Talamani — un garçon tout ce qu'il y a de bien, poli et tout — et que ce monstre d'Amedeo, il pouvait pas être partout à la fois, eh?

Cecotti sentit le sol se dérober sous ses pieds.

— Et c'est maintenant que vous venez me...

— C'est sa faute à elle! Pour sauver sa réputation, elle vous aurait laissé l'emmener, cette sans cœur! Heureusement que j'étais là! Pour moi, la justice passe avant tout! Et pourtant, ça me ferait rudement plaisir qu'il disparaisse d'ici ce Rossatti, ce suborneur, mais une Gabrielli elle est d'abord pour la loi!

L'inspecteur, s'adressa à la petite.

— C'est vrai?

— Oui, signore... Je vous demande pardon.

Hors de lui, Matteo s'en prit à Amedeo.

— Et vous? Pour quelle raisons ne m'avez-vous pas dit?...

Rossatti prit un air des plus réservés pour affirmer gravement :

— L'honneur d'une jeune fille était en jeu, signor inspecteur.

— Fichez-moi la paix avec vos sornettes. Vous confirmez ou non ce que raconte cette femme?

— Je n'ai pas le droit de parler.

Cecotti lui aurait bien volontiers envoyé son poing dans la figure. Il tenta d'effrayer la veuve Gabrielli, ignorant que personne ne saurait effrayer les femmes de Folignazzaro.

— Vous savez ce que ça coûte un faux témoignage, eh?

— Faux témoignage? Alors, vous pensez que c'est pour le plaisir que je viens salir ma fille devant un étranger?

— C'est bon, vous pouvez vous retirer... (Et emporté par la force de l'habitude, il ajouta :) Laissez votre nom et votre adresse.

Alors, ils éclatèrent tous de rire, sauf Matteo.

Quand ils se retrouvèrent tous les trois, Cecotti rougissant sous les regards ironiques des deux autres, jura de bien vilaine façon avant d'affirmer :

— Je suis sûr, que ces deux femmes ont menti!

Timoleone Rizzotto eut un bon sourire :

— C'est bien possible, signore, mais comment le prouver?

CHAPITRE V

L'inspecteur Matteo Cecotti dormit fort mal cette nuit-là. Avant de se coucher, il lui avait fallu libérer Amedeo Rossatti que la déposition de Teresa innocentait, du moins tant qu'on ne pouvait apporter la preuve qu'elle mentait. Ensuite, il dut téléphoner au commissaire Rampazzo pour lui expliquer la situation et que les choses ne marchaient peut-être pas aussi bien qu'un optimisme exagéré l'avait laissé entendre tout d'abord, enfin que le retour de l'inspecteur était remis à plus tard, lorsqu'il tiendrait le meurtrier d'Eusebio Talamani. Le commissaire Rampazzo, éprouvant une sorte de satisfaction malsaine à écouter la voix gênée de son subordonné, lui adressa quelques remarques hargneuses touchant ceux vendant la peau de l'ours avant de le tuer et raccrocha en se félicitant de n'avoir pas envoyé son favori — l'inspecteur Anselmo Giaretta — dans ce guêpier de Folignazzaro.

Le sommeil agité de Cecotti fut peuplé de

cauchemars où sans cesse le gros maréchal se révélant complice de l'assassin se cramponnait à lui, l'étouffant sous son poids tandis qu'un misérable passait au fil du poignard toute la population de Folignazzaro et lorsque, se retournant, le criminel montra son visage au malheureux policier, ce dernier poussa un cri en reconnaissant le joli minois de Teresa Gabrielli, l'adorable menteuse. Le cri de Matteo le réveilla et il se retrouva assis sur son lit, aux premières lueurs de l'aurore, le front trempé de sueur. Il alluma une cigarette pour essayer de retrouver le calme nécessaire à la poursuite de sa mission. A la vérité, il devait s'avouer que depuis qu'elle était venue déposer, Cecotti pensait un peu trop à Teresa et pas assez à la victime ou à son assassin. Bien sûr qu'elle était mignonne cette Teresa dont la petite taille la faisait ressembler à une fillette admirablement proportionnée. Sous sa chevelure noire, elle vous regardait avec des yeux dont l'apparente innocence eût trompé n'importe quel homme moins instruit que l'inspecteur de la perfidie féminine. Il sentait, il savait qu'il devait se méfier de cette Teresa comme de la peste, mais lorsque la peste a un aussi charmant aspect, il est bien difficile de résister à l'envie qui vous pousse à la prendre entre vos bras. Elle devait être amoureuse d'Amedeo, sans quoi comment expliquer une démarche qui pouvait lui coûter très cher, la loi — qu'il incarnait — ne badinant pas avec ceux cherchant à entraver l'action de la justice par de faux témoignages. Or, tant qu'il n'aurait pas obligé Teresa à reconnaître qu'elle avait menti,

Cecotti ne pourrait arrêter Rossatti dont la culpabilité, pour lui, s'affirmait évidente.

Matteo but un grand verre d'eau, sa cigarette achevée, et retourna au lit où il finit par s'endormir d'un sommeil lourd qui ne le reposa en rien. Il fut arraché à son repos par un coup frappé à sa porte. Aussitôt, en bon policier toujours prêt à l'action, il se dressa sur son séant et pria le visiteur d'entrer. Il s'agissait d'Onesimo Cortivo, le cafetier. Il le reçut assez mal.

— Qu'est-ce que vous voulez?

L'autre eut un bon sourire dont l'ironie n'échappa pas à son pensionnaire.

— Je venais voir si par hasard vous seriez pas souffrant?

— Et pourquoi serais-je malade?

— Parce qu'il est neuf heures et demie...

— Non?

— Si... Alors comme ça doit pas être dans vos habitudes de faire la grasse matinée, surtout quand vous êtes en mission (Cecotti rougit malgré lui en entendant ce reproche à peine voilé), je suis monté en me disant que peut-être bien l'assassin de Talamani vous avait fait votre affaire à vous aussi? Je suis content de constater que c'est pas vrai... Je vous prépare un café?

— Non, merci, je ne déjeunerai pas!

Onesimo ne parut pas considérer cette réplique comme un congé. Au contraire, il s'approcha du lit.

— Alors, comme ça, vous partirez pas encore aujourd'hui?

— Qu'en savez-vous?

— Dame! à présent que vous vous êtes rendu compte qu'Amedeo n'est pour rien dans la mort du clerc de notaire... Ah! cette petite Teresa, elle cachait bien son jeu... Vous voyez, signor inspecteur, on se figure que dans nos petits pays, on est au courant de tout ce qui se passe et en voilà deux qui se fréquentaient sans que personne soit au courant... C'est pas banal, eh?

Exaspéré, Matteo, comprenant parfaitement que Cortivo se moquait de lui, répliqua sèchement :

— Non seulement pas banal mais sûrement pas vrai!

Le cafetier feignit la surprise.

— Pas vrai?

— Cette Teresa ment! Mais je trouverai le moyen de la contraindre à avouer son mensonge et alors, gare à elle! Aussi, quoi que vous en pensiez, signor Cortivo, je suis parfaitement décidé à emmener Amedeo Rossatti à Milan, ce soir au plus tard!

Onesimo ne parut pas autrement convaincu.

— Qui peut savoir ce que l'avenir nous réserve, signor inspecteur?

Matteo lui serait volontiers tombé dessus à bras raccourcis.

Cecotti décida de rendre visite au notaire, son seul allié, pour obtenir de lui des renseignements sur Teresa Gabrielli et voir quels moyens employer pour l'inciter à se rétracter. Il était encore assez loin de la demeure de Maître Agostini lorsqu'il aperçut une femme qui en sortait. Dans cette silhouette empaquetée dans sa robe noire il crut reconnaître la mère de Teresa et se demanda ce que cela pouvait bien signifier. La visiteuse tourna à l'angle d'une ruelle et disparut aux yeux du policier.

Tout de suite, don Isidoro abonda dans le sens de Matteo et convint que Teresa devait mentir. Pour en avoir le cœur net il appela sa fille à qui l'inspecteur exposa la démarche de la signorina Gabrielli. Du coup, Agnese perdit sa mollesse habituelle et se transforma en une vraie furie. Elle jura qu'Amedeo ne pensait qu'à elle, que jamais il n'avait jeté les yeux sur cette effrontée de Teresa, que s'il y avait eu quelque chose entre eux, elle s'en serait bien aperçue et qu'en tout cas, il n'aurait pas témoigné du désespoir qu'il avait manifesté en apprenant les fiançailles officielles d'Agnese et de Talamani. A bout de souffle, elle ralentit la vivacité de son débit pour demander :

— Mais Amedeo, lui, qu'est-ce qu'il en dit?

— Rien.

— Comment ça, rien!

— Il affirme que l'honneur lui interdit de confirmer ou d'infirmer les propos de la jeune fille se prétendant aimée de lui.

Déconcertée, Agnese ne savait plus quoi répondre et son père prit le relais :

— Vous voyez bien, signor inspecteur, que cela sent l'imposture à plein nez!

— C'est aussi mon avis, mais comment en apporter la preuve?

— Je m'en charge! Allons lui parler à Teresa et je vous fiche mon billet que je saurai la persuader de vous avouer la vérité!

Les Gabrielli, mère et fille, habitaient presqu'à côté de l'église. Lorsque le notaire et le policier se présentèrent chez elles, le signora Gabrielli cousait une robe tandis que Teresa épépinait des tomates. Elles ne semblèrent pas tellement inquiètes de l'arrivée de ces messieurs. Immédiatement, le notaire, s'adressant à la petite, attaqua :

— Tu sais pourquoi nous sommes ici, Teresa?

Elle leva vers les deux hommes son beau regard limpide :

— Afin de commander une robe pour Agnese ou la signora Agostini?

Cecotti vit les veines temporales de don Isidoro se gonfler et il devina qu'il avait beaucoup de mal à s'empêcher de crier.

— Teresa, je ne supporterai pas qu'une fille de ton âge se moque d'un homme du mien!

— Je ne comprends pas?

— Que signifient ces révélations ridicules à l'inspecteur pour innocenter Rossatti?

— C'est la vérité...

Et la coquine, baissant la tête, ajouta dans un murmure :

— J'en ai bien honte, don Isidoro...

— Vraiment? Menteuse! Sale menteuse! J'étais là, moi, quand Rossatti s'est jeté comme une bête fauve sur Eusebio!

— Vous devez vous tromper, signore.

Hors de lui, le notaire leva le bras pour la frapper, mais Matteo le retint juste à temps.

— Je vous en prie, signore...

Grognant, mâchonnant injures et menaces, Maître Agostini céda la place au policier qui préféra parler à la mère.

— Signora, nous savons parfaitement que votre fille ment. Ce qui m'intéresse c'est de connaître les raisons de son mensonge. Persuadez-la de nous exposer la vérité sinon je vous donne ma parole que je l'arrête immédiatement pour complicité dans le meurtre d'Eusebio Talamani et que je l'emmène avec moi à Milan. Si, au contraire, elle revient sur ses déclarations, je tiendrai compte de son âge et tâcherai d'oublier une attitude qui devrait lui valoir plusieurs mois de prison et une amende qui vous mettrait toutes deux sur la paille.

La signora Gabrielli joignit les mains, l'air nettement épouvanté.

— Seigneur Jésus, ayez-nous en votre pitié! Mon Dieu, est-ce que je méritais d'avoir une fille comme ça, don Isidoro, je vous le demande? Est-ce que je le méritais?

Le notaire lui tourna le dos pour bien lui montrer que ses jérémiades l'importunaient sans l'attendrir en rien. Voyant ses supplications sans effet, elle interpella sa fille.

— Teresa... C'est ta vieille maman qui t'en supplie... Si tu as menti, dis-le à ces messieurs?

— J'ai pas menti.

Cecotti s'avança.

— Parfait, puiqu'elle ne se décide pas à entendre raison, je l'embarque. Accompagnez-la, signora, pour l'aider à préparer sa valise. Nous partons pour Milan.

La signora Gabrielli poussa une plainte déchirante qui parut bouleverser Teresa. Elle regarda l'auteur de ses jours, puis ses bourreaux et finalement, convint :

— Calme-toi, mama... C'est vrai, j'ai menti.

L'inspecteur et le notaire eurent un soupir de soulagement et Cecotti se réjouit intérieurement : ce coup-ci il passerait les menottes à Amedeo Rossatti, non pas qu'il nourrît une animosité personnelle contre le garçon, mais par sa faute, Folignazzaro tentait de ridiculiser la police milanaise en sa personne. La signora Gabrielli contemplait son enfant avec des yeux ronds :

— Tu ne te trouvais pas avec Amedeo ce soir-là?

— Non.

— Mais alors, où étais-tu?

— Avec Cristoforo...

— Cristoforo Gamba, le fils du forgeron?

— Naturellement, il n'y a pas d'autre Cristoforo ici!

— Malheureuse! un homme qui te casserait en deux, sans s'en apercevoir, rien qu'en te serrant dans ses bras!

Et se tournant vers Matteo, elle précisa :

— Il connaît pas sa force, ce Cristoforo!

— Signora, les amours de votre fille et de cet hercule ne m'intéressent pas. Ce que je tiens à savoir, c'est pourquoi votre Teresa nous a joué cette comédie? Qui le lui avait ordonné?

— Personne.

— Vous vous figurez me convaincre que c'est uniquement pour m'embêter que vous avez inventé cette histoire?

— Non.

— Alors, pourquoi?

— Pour protéger quelqu'un.

— Qui?

— Je peux pas le dire...

— Elle continue! Prenez garde! Ma patience est à bout!

La mère à son tour insista :

— Parle, maintenant, Teresa? Tu as commencé tu dois finir!

— Mais j'ai promis!

— Ma qué, tu as promis! Ce signore c'est la loi et il a le pouvoir de te délier de ta promesse!

Teresa hésita encore un instant, puis, vaincue, chuchota :

— Sabina.

Ils se regardèrent, incompréhensifs. La signora Gabrielli traduisit la perplexité générale :

— Quelle Sabina? Celle de Zamarano, le fromager?

— Oui.

— Qu'est-ce qu'elle a à voir avec Amedeo?

— Ils se fréquentent.

— Qu'est-ce que tu dis? Ma qué? Elle est quasiment promise à Zefferino, le maçon!

— Justement.

— Quoi, justement? Tu m'énerves, Teresa, et tu vas pas tarder à prendre une gifle si tu t'expliques pas!

— Sabina, elle aime Amedeo... Lui, je sais pas trop s'il l'aime. En tout cas, je l'attendais avec elle à la sortie du café et elle est partie en sa compagnie pendant que je rejoignais Cristoforo... Quand il y a eu cette histoire, Sabina m'a suppliée de raconter que c'était moi qui me trouvais avec Amedeo... à cause de Zefferino, tu comprends?

— Et tu as accepté?

— Sabina est mon amie, mama.

Visiblement transportée, la signora Gabrielli s'approcha de sa fille, la prit dans ses bras, la serra contre sa poitrine, l'embrassa frénétiquement, puis l'écartant d'elle pour mieux la contempler, lui assura d'une voix chevrotante d'émotion :

— Teresa, tu es une sainte, c'est ta mama qui te le jure!

Le notaire hurla :

— Ma qué! une sainte! Une abominable menteuse, oui!

Aussitôt la signora Gabrielli se transforma en une furie qui se rua sur don Isidoro.

— Vous insultez ma petite alors que vous êtes même pas capable de surveiller votre sainte nitouche qui court avec tous les garçons!

— Ma fille court avec... Ah! signora retirez ces paroles où je ne réponds plus de moi!

— Essayez donc de me frapper devant un inspecteur, si vous l'osez!

Pour compléter la scène, Teresa s'empara du couteau dont elle se servait pour épépiner les tomates et se jeta l'arme haute sur le signor Agostini en piaillant :

— Touchez-y seulement à ma mère!

Cecotti jugeant qu'un cadavre suffisait à Folignazzaro, s'interposa.

— Assez! Vous perdez la raison, les uns et les autres!

Le notaire protesta :

— Mais vous ne comprenez donc pas qu'avec cette nouvelle histoire, elle essaie encore de vous faire croire qu'Amedeo n'a pu rencontrer Talamani?

— Du calme! Si la signora a de nouveau voulu me rouler, elle ne l'emportera pas en paradis! C'est votre dernier mot Teresa Gabrielli?

— Oui.

— Bon. Je vais interroger Sabina Zamarano. Priez le ciel qu'elle confirme votre récit sinon vous pouvez vous apprêter à partir pour Milan où l'on vous logera et nourrira aux frais de la République un certain temps!

Sur cette menace prophétique et vengeresse, Cecotti quitta la maison entraînant don Isidoro, mais comme la présence de ce dernier ne lui semblait pas devoir rendre ses interrogatoires faciles, il le pria de le laisser vaquer seul à ses occupations. Vexé, le notaire lui tourna le dos et fila sans le saluer.

Sabina Zamarano était aussi blonde que Teresa était brune, aussi grande que son amie était petite et aussi placide que la signora Gabrielli se montrait vive. Au calme dont elle témoigna en face de lui, Cecotti eut l'impression qu'elle s'attendait à sa visite.

— La signorina Zamarano?

— Pour vous servir, signore, si je le puis?

— Sûrement, signorina, sûrement... Vos parents sont absents?

— Je n'ai plus que mon père, signore, et il est dans notre fruitière en train de saler ses fromages.

— Et Zefferino Gasparini?

Elle ne se troubla en rien et de la même voix tranquille, précisa :

— Il doit être à son travail.

Ce calme inquiétait le policier en même temps qu'il l'énervait.

— Vous ne me demandez pas la raison de toutes ces questions, signorina?

— Si vous le jugez utile, signore, vous me la donnerez sans que je vous la demande.

— En effet. Il s'agit d'Amedeo Rossatti. Quels sont vos rapports avec lui?

— Je crois que nous nous aimons... mais je n'en suis pas encore très sûre.

— Excusez-moi, signorina, mais n'êtes-vous pas fiancée à Gasparini, le maçon?

— Officieusement, seulement.

— Il n'empêche que...

— Que quoi, signore? Si je préfère Amedeo, il vaut mieux que je m'en aperçoive avant qu'après m'être engagée définitivement auprès de Zefferino, non?

Cecotti se mordit les lèvres de dépit. Pas facile à manœuvrer la petite!

— Evidemment... Quand avez-vous vu Amedeo Rossatti pour la dernière fois?

— Ce matin.

— Non, je me suis mal exprimé. Quand êtes-vous sortie pour la dernière fois avec lui?

— Le jour des fiançailles d'Agnese Agostini.

— Vous n'ignorez pas, je suppose, que Rossatti se prétendait follement amoureux de la signorina Agostini?

Elle eut un rire très doux, très maternel.

— Agnese s'imagine que tous les garçons sont amoureux d'elle.

— Mais enfin, vous ne nierez pas que Rossatti a très mal pris les fiançailles de la signora Agostini et d'Eusepio Talamani?

— En aucune façon, signore, et la preuve en est que, le soir même, Amedeo est sorti avec moi. Je suis allée l'attendre à la porte du café.

— Et... où êtes-vous partis vous promener?

— Je ne me rappelle plus bien... Sur les chemins d'en haut, il me semble.

— Et vous n'avez pas rencontré Talamani?

— Talamani? Non.

— Pourtant ils sont plusieurs à prétendre que Rossatti s'est heurté à Talamani à la sortie du café, qu'il l'a rossé et peut-être tué?

Cette remarque n'ôta pas son calme à la jeune fille.

— Ceux-là mentent, signore, ou ils se trompent.

— A moins que ce ne soit vous qui me mentiez?

— C'est possible, en effet. Mais vous avez un moyen de vous assurer de ma sincérité.

— Lequel?

— Interrogez Teresa Gabrielli. Dites-lui que c'est moi qui vous envoie.

— Et alors? Que m'apprendra-t-elle?

— Qu'elle avait accepté de dire à Zefferino, si d'aventure il l'interrogeait, que c'était elle qui avait rendez-vous avec Amedeo...

— J'ai déjà intérrogé Teresa Gabrielli...

— Dans ce cas, vous devez être fixé?

— Ma qué! fixé! Vous êtes toutes plus menteuses les unes que les autres, les filles de Folignazzaro!

— Ce n'est pas très aimable ce que vous racontez là, signore.

— Figurez-vous que j'en ai assez d'être aimable! Assez de me voir tourner en bourrique par des gamines qui mériteraient une bonne fessée!

— Je ne crois pas qu'elles se laisseraient faire, signore. N'est-ce pas, papa?

Matteo se retourna pour voir celui à qui Sabina s'adressait : un homme de taille moyenne, extraordinairement poilu. Il transportait avec lui une odeur tenace de lait de chèvre un peu sûri. Immobile, il contemplait sa fille et Cecotti.

— Qu'est-ce qui se passe?

Désireux de mettre les choses au point, le policier précisa tout de suite :

— Je m'appelle Matteo Cecotti et je suis inspecteur de police venu tout exprès de Milan pour arrêter le meurtrier d'Eusebio Talamani.

— Et alors? C'est par ici que vous pensez le trouver, des fois?

— Sans doute, mais je puis espérer qu'on m'y mettra sur sa piste.

— Comment?

— En m'avouant la vérité, par exemple? Je sais bien qu'à Folignazzaro, ce ne semble pas être une monnaie courante mais pour une fois, eh?

Le fromager ne répliqua pas tout de suite. Les sourcils froncés, le regard fixe, on devinait qu'il se livrait à un effort intellectuel intense pour comprendre le sens de ce que venait de dire le policier. Enfin, après avoir largement respiré, il demanda :

— Par hasard, signore, voudriez-vous me laisser supposer que Sabina vous a menti?

— J'en ai l'impression, signor Zamarano, pour ne rien vous cacher.

Le bonhomme se gratta longuement le menton.

— Ah! mais c'est que c'est pas bien du tout, ça, signore! Vous seriez venu chez moi pour insulter ma fille?

— N'exagérons pas!

— A Milan, quand on vous traite de menteur, c'est pas une insulte?

— Cela dépend dans quelles conditions!

— Eh bien! à Folignazzaro, signore, on s'embarrasse pas de conditions et si vous traitez ma fille de menteuse, moi je vous casse la figure.

Et sur ce, le père outragé commença à relever les manches de sa chemise sur des avant-bras dont la toison ne parvenait pas à masquer l'épaisse musculature. Cecotti pensa que s'il se colletait avec ce forcené sa réputation serait définitivement ruinée, surtout qu'il aurait sans aucun doute le dessous. Sabina arrangea les choses en précisant :

— Le signore ne veut pas croire que j'étais avec Amedeo la nuit où on a tué le clerc de notaire.

— Et pourquoi qu'elle y aurait pas été, signore?

— Parce que des gens ont vu Rossatti se battre avec la victime.

— Partout y en a qui parlent pour le plaisir de parler.

— Vous, vous m'affirmez que votre fille se trouvait avec Rossatti ce soir-là?

— Elle me l'a dit et je crois tout ce que dit Sabina.

— Mais Gasparini dans tout ça, qu'est-ce qu'il devient?

Zamarano haussa les épaules.

— Ce genre d'histoire, je m'en mêle pas... Ce sont leurs affaires eh?

— Mais enfin, si votre fille n'aime pas ce maçon, pour quelles raisons ne le lui déclare-t-elle pas?

— C'est que... Zefferino est mauvais quand il est en colère...

— Au point de frapper?

— Ça se pourrait... Tiens, vous m'y faites penser... Si Zefferino a confondu Talamani avec Rossatti, il a bien pu lui flanquer une râclée!

— Et pourquoi les aurait-il confondus?

— La nuit... la colère... allez donc savoir!

— C'est justement ce que je m'efforce de faire, signor Zamarano! En somme, si je vous comprends bien, vous estimez que l'amoureux de votre fille pourrait être celui que je recherche?

— Lui ou un autre!...

— Mettons les choses au point : Zefferino aurait eu des soupçons quant à la fidélité de celle qu'il considère comme sa fiancée... Il la suit... Il la voit attendre Rossatti, partir avec lui... Il les épie... et quand ils se séparent, il se lance sur les traces du carabinier, bien décidé à se venger?

— Ça se pourrait.

— Et comme par hasard, par on ne sait quel miracle, Zefferino se trompe et suit Talamani qui s'est brusquement substitué à Rossatti.

— C'est des choses qui arrivent dans l'obscurité.

— Et Zefferino cogne sur Talamani sans se rendre compte qu'il ne s'agit pas de son rival? Vous ne me prendriez pas pour un imbécile, signor Zamarano?

— Je vous connais pas assez pour avoir une opinion, signor inspecteur.

— Je vais interroger le maçon, je lui confierai que son futur beau-père le considère comme un assassin possible.

— J'ai pas dit ça!

— C'est tout comme, car celui qui a frappé le clerc de notaire est forcément celui qui l'a assassiné! Au revoir!

— Adieu.

— Non pas adieu, signore, car vous me reverrez votre fille et vous et dans très peu de temps, j'en suis sûr!

Comme il sortait, Cecotti entendit Sabina demander à son père :

— Ils sont tous comme ça, à Milan, papa?

Zefferino Gasparini travaillait en dehors du village et Matteo renonça à affronter le soleil. Il se contenta d'envoyer un gamin rencontré prévenir le maçon d'avoir à se rendre sitôt après le déjeuner au poste des carabiniers, puis il regagna la fraîcheur relative du bureau de Timoleone Rizzotto. Le maréchal l'accueillit avec sa bonhomie habituelle.

— Alors, signor inspecteur, on avance?

— Ah! ne vous y mettez pas vous aussi!

— Je devine que ça n'a pas marché comme vous l'espériez?

— Non, ça ne marche pas comme je le souhaiterais parce qu'ici tout le monde s'ingénie à contrecarrer mes efforts! D'abord où est Rossatti?

— Chez lui.

— Et qu'est-ce qu'il y fabrique chez lui?

— Il s'y repose.

— De quoi? Il ne travaille jamais!

Timoleone eut une moue réprobatrice.

— Vous oubliez ce qu'il a souffert hier, le pauvre?

Le maréchal était indubitablement sincère, Cecotti s'en rendit compte et pour cette raison ne se mit pas à hurler. Il se contenta d'ironiser :

— J'ignorais qu'on eût le cœur si tendre chez les carabiniers?

— C'est qu'Amedeo, je l'aime bien.

— Si j'en crois mon expérience, vous n'êtes pas le seul à Folignazzaro. Agnese... Teresa... Sabina...

— La fille de Zamarano?

— Elle-même.

Et il conta à Rizzotto, par le menu, son entrevue avec le fromager et sa paisible héritière. Le maréchal avait l'air ravi. Lorsque l'inspecteur eut terminé son récit, il conclut, attendri :

— Elles ont du cœur, ces petites!

— Un cœur qui les conduira directement en prison par mes soins si jamais elles m'ont encore menti!

— Vous n'oseriez pas, signore.

— Je n'oserais pas? Et la loi?

— Et l'Amour?

Et après un court instant de réflexion :
— Cet Amedeo, tout de même... un vrai don Giovanni!
— Comptez sur moi pour le calmer!
— En attendant si on buvait un verre de Grumello pendant que cuisent mes spaghetti à la napolitaine?
— Je déjeune chez Cortivo.
— Signor inspecteur, vous ne m'infligeriez pas un affront pareil? Qu'est-ce qu'on penserait de moi, à Folignazzaro si l'on apprenait que vous avez refusé de goûter à mes spaghetti! C'est bien simple : je n'aurais plus qu'à me suicider!

Les larmes lui mouillaient les yeux au bon Timoleone en face d'une offense qu'il jugeait incompréhensible et qui entraînait son déshonneur en tant que gourmet. Amusé, Matteo cessa de le taquiner.
— Entendu, nous déjeunons ensemble... Je ne voudrais pas manquer l'occasion de déguster les meilleurs spaghetti du monde!
— Du monde, je ne sais pas, signor inspecteur, mais d'Italie sûrement!

Ils finissaient de vider une bouteille de ce Grumello dont le maréchal paraissait posséder une réserve inépuisable et l'estomac plein, ils s'apprêtaient tous deux à se laisser glisser dans une douce somnolence lorsque le carabinier Busanela en entrant les arracha à l'univers cotonneux des songes digestifs pour les réexpédier brutalement dans la réalité.
— C'est Gasparini, le maçon. Il dit qu'il est convoqué?

Cecotti se redressa et Rizzotto reboutonna sa vareuse.

— Qu'il nous attende!

Ils vidèrent à la hâte un petit verre de grappa, histoire de se donner le coup de fouet susceptible de les réveiller tout à fait et rejoignirent Busanela et le maçon. Zefferino se présentait sous l'aspect d'un homme fort ordinaire, aux gestes lents et qui paraissait d'une placidité à toute épreuve. Cecotti pensa que Sabina et lui seraient remarquablement appareillés. Un ménage où l'on ne se querellerait guère.

— Zefferino Gasparini?

— Si, signore.

— Je vous ai convoqué pour vous apprendre des choses désagréables.

— Ah?

Il n'avait pas cillé.

— En un mot comme en cent, quelqu'un vous soupçonne d'être le meurtrier d'Eusebio Talamani.

— Celui qu'on a tué l'autre nuit?

— Oui.

Il se gratta la tête, puis :

— Drôle d'idée...

— Pas si drôle que ça, si vous voulez mon avis. Etre soupçonné d'un crime n'est jamais plaisant.

— Et pourquoi l'aurais-je tué ce type?

— Les motifs viendront après. Commençons par les faits. Etes-vous coupable, oui ou non?

— Non.

— Avez-vous un alibi?

— Un... quoi?

— Où étiez-vous pendant qu'on tuait Talamani?

— A Domodossola.

— Vous pouvez le prouver?

— J'ai travaillé tout l'après-midi avec deux compagnons au restaurant Fola pour dresser un mur en parpaing. Le patron nous a retenus à dîner et on est parti tous ensemble que vers minuit. J'ai pas été chez moi avant l'aube.

— Je me renseignerai à Domodossola. Vous connaissez les noms de vos camarades de travail?

— Seulement leurs prénoms : Nino et Mario, mais le signor Fola doit savoir leurs noms.

Cecotti ne se nourrissait d'aucune illusion, l'alibi était solide. Une fois de plus, on avait tenté de l'égarer sur une fausse piste.

— Et maintenant, signore, je retourne à mon boulot?

— D'accord... Un moment. Ça ne vous intéresse pas d'apprendre le nom de la personne qui vous soupçonne.

— Pas tellement... mais vous, vous voulez me le dire?

— Zamarano.

Il sembla quand même un peu démonté.

— Le père de...

— ... de Sabina, oui. A propos, vous doutiez-vous que pendant que vous travailliez à Domodossola, la signorina Zamarano courait à un rendez-vous avec Amedeo Rossatti?

Le maçon se mit à rire doucement.

— Vous me faites marcher, signore...

— C'est elle qui me l'a confié!

— C'est pas possible!

— Pourquoi? Vous l'imaginiez plus fidèle que les autres?

— C'est pas exactement ça... Oh! Sabina elle doit être comme toutes les filles, bien sûr et il faut y tenir la main mais ce soir-là, c'est pas possible.

— Vraiment?

— Je me suis rendu à Domodossola justement parce qu'elle pouvait pas sortir.

— C'est elle qui vous l'a raconté et vous l'avez cru!

— Non, c'est pas elle mais le médecin.

— Le médecin?

— Sabina était malade depuis deux ou trois jours alors le signor Borgato est venu le matin chez les Zamarano et il a dit qu'il fallait que Sabina se couche et que son père lui fasse des ventouses. Elle avait une grosse fièvre. Alors, puisqu'elle était obligée de rester dans sa chambre, je suis allé gagner quelques sous à Domodossola. On en aura besoin quand on se mariera. Et maintenant, je m'en vais?

— Fichez le camp!

Guère ému par cette réponse grossière, Zefferino porta un doigt à sa casquette et fort poliment lança :

— Bonjour à tous!

Cecotti se précipita sur le téléphone du médecin, lui aussi arraché à sa sieste et de fort mauvaise humeur, il obtint confirmation du récit du maçon. Le policier reposa doucement l'appareil sur son support, s'obligea à des gestes lents pour ne pas céder au vertige furieux le secouant intérieurement. A Timoleone le regardant, inquiet, il se contenta de dire :

— C'est du propre les filles de Folignazzaro...

Puis, il se laissa tomber sur une chaise pour essayer de récupérer. Ce n'était pas facile. Il répéta :

— Du propre... du propre... Et ne me contemplez pas de cette façon, maréchal, vous m'exaspérez!

Rizzotto se redressa, très digne.

— Signor inspecteur, je n'ai pas l'habitude...

Matteo se leva et lui mettant la main sur l'épaule :

— Excusez-moi... Je ne sais plus ce que je dis... Vous êtes un brave homme, Timoleone Rizzotto... Peut-être pas exactement l'homme qu'il faut pour faire un maréchal des carabiniers...

Timoleone sourit.

— Il y a si longtemps que je le suis que ça n'a plus grande importance.

— Peut-être, ma qué! Vos filles!... Vos filles!...

— Je les aime bien, signore.

— Vous n'êtes pas dégoûté! Des menteuses! Des hypocrites! des éhontées! d'ailleurs leurs pères, leurs mères, leurs fiancés ne valent pas mieux qu'elles! Tous complices! tous ligués contre moi!

Le maréchal approuva gravement.

— Je ne saurais prétendre, en effet, signor inspecteur qu'ils se sont bien conduits envers vous les uns et les autres... Non, je ne saurais le prétendre!

— Vous êtes si bon... Mais, j'en connais deux qui paieront pour toutes les autres! Cette peste de Teresa, cette hypocrite de Sabina, je les fiche dans ma voiture les menottes aux poignets! Elles comprendront ce que c'est que de vivre en prison!

— Des petites élevées dans la montagne! elles en mourront, signore!

— Tant pis! Ce sont des criminelles! elles se sont liguées pour essayer de sauver cet Amedeo! et celui-là, je vous jure qu'il ne perd rien pour attendre! c'est lui qui a tout contaminé à Folignazzaro! Après tout, c'est votre faute, maréchal!

— A moi?

— Parfaitement! si vous aviez arrêté Amedeo Rossatti tout de suite après le crime comme c'était votre devoir, il n'aurait pas eu le temps de se mettre d'accord avec ces effrontées!

— Mais je ne possédais pas de preuves suffisantes et...

— Allons donc! La vérité est que vous ne teniez pas du tout à flanquer en cellule votre Amedeo ni à causer la moindre peine à votre chère Eloisa! Vous avez trahi votre charge, maréchal!

— Si Amedeo est coupable, je démissionnerai!

— Vous démissionnerez mais moi, on me foutra à la porte pour incapacité! vous entendez? pour incapacité! mais bon Dieu qu'est-ce que je pouvais faire, hein? Les unes après les autres, elles lui fournissent un alibi! il les a ensorcelées ou quoi? On m'a enseigné à me méfier de toutes les sortes de crapules qui peuvent rôder à la surface de la terre mais jamais, vous entendez, maréchal? jamais on ne m'a dit de me méfier des petites jeunes filles innocentes de la montagne! On ne soupçonne pas qu'il existe un Folignazzaro à la police criminelle de Milan et dans ce Folignazzaro des filles qu'on devrait pendre à l'entrée de votre village!

— Oh!

— Pendre! oui! Pendre! Je vais vous confier une chose, maréchal : je préfère avoir affaire aux pires traînées de Milan qu'à vos gamines insolentes qui vous mentent en vous regardant avec des yeux limpides!

— Signor inspecteur, vous êtes énervé...

— Je ne suis pas énervé, maréchal! je suis furieux et prêt pour la vengeance! Je veux les voir me demander pardon à genoux! Carabinier!

Busanela qui, l'oreille à la porte, éprouvait mille difficultés à avaler sa salive en se laissant pénétrer par l'écho de cette grande colère, se présenta.

— Carabinier, filez me chercher Teresa Gabrielli et Sabina Zamarano! Si vous n'êtes pas là dans un quart d'heure, je vous arrête pour complicité!

Ilario s'enfuit, épouvanté.

— Quant à vous, maréchal, je ne vous donne pas plus de temps pour revenir en compagnie de ce Rossatti que j'enchaînerai à ma voiture pour être certain que cette fois personne ne l'aidera à s'échapper! Et maintenant, j'appelle Milan!

Quand il sut que son subordonné, en plus du meurtrier de Talamani, risquait de ramener deux filles avec lui, le commissaire Rampazzo se félicita une fois de plus de n'avoir pas envoyé son favori, Anselmo Giaretta, à Folignazzaro, car du moment qu'il y avait des jupons dans cette histoire, Anselmo aurait été capable de toutes les sottises. Avec Cecotti, on ne risquait rien de pareil. Toutefois le commissaire qui craignait la publicité trop souvent malveillante de la presse, pria Matteo de ne ramener avec lui ces jeunes personnes que si elles étaient vraiment impliquées dans le crime. En raccrochant, l'inspecteur énuméra d'une voix puissante toute la kyrielle de jurons qu'il connaissait et son savoir époustoufla le maréchal Rizzotto toujours prêt à admirer un exploit de quelque ordre qu'il pût être.

— Ça m'aurait étonné! rugit le policier. Du moment qu'elles appartiennent au sexe faible, on doit prendre des gants. Que si elles sont vraiment impliquées!... Je pense bien qu'elles le sont, n'est-ce pas, maréchal?

— C'est-à-dire, signor inspecteur, qu'il serait sans doute nécessaire de connaître d'abord le motif qui les a inspirées?

— Le motif, c'est aux magistrats du tribunal de l'apprécier!

— Peut-être ces enfants ont-elles obéi à des impulsions romanesques? Vous savez combien nous autres, Italiens, sommes enclins à comprendre et à pardonner ces gestes irréfléchis qui ont le cœur pour guide?

— Se foutre de la police, l'aiguiller sur de fausses pistes, nier cyniquement la vérité, vous appelez ça des impulsions romanesques?

— Je veux dire que c'est ainsi que les considèrerait une presse toujours prête à écrire des romans...

Cecotti comprit l'avertissement. L'opinion de Rizzotto corroborait celle du commissaire. Il lui faudrait donc regarder où il mettrait les pieds. Cependant, il s'affirmait bien décidé à ne pas passer l'éponge. Il fallait que ces filles récoltent le prix de leur impudence. Mais de quelle manière s'y prendre pour, tout à la fois, sauvegarder les droits de la justice et éviter une publicité que le commissaire Rampazzo ne lui pardonnerait pas? Matteo était tellement en colère que cela lui paralysait quelque peu l'entendement. C'est alors qu'Eloisa se présenta, un air joyeux illuminant sa bonne figure. Elle se jeta littéralement sur Cecotti dont elle prit la main qu'elle baisa avec ferveur, ce qui gêna beaucoup le policier, n'ayant jamais été l'objet de pareilles marques de dévouement. Il balbutia tout en retirant sa main :

— Mais... mais... qu'est-ce qui vous arrive?

Eloisa se redressa, superbe et, s'adressant au maréchal :

— Tu entends, Timoleone? il me demande ce qui m'arrive cet envoyé du ciel! Cet ange de la Justice! Ce séraphin de la Miséricorde!

Rizzotto essaya de prévenir son amie qu'elle s'engageait sur une route dangereuse :

— Calme-toi, Eloisa...

Mais rien ni personne n'avait jamais pu arrêter Eloisa Rossatti lorsqu'elle était lancée.

— Me calmer? Mais, dis, homme sans cœur, figuier stérile, si tu avais un enfant, que tu manques le perdre et qu'on te le rende, tu serais pas heureux? Faudrait pas qu'elle éclate ta joie? Tu te croirais pas obligé de remercier celui à qui tu devrais plus que la vie?

L'inspecteur que nul encore n'avait eu l'idée de comparer à un ange ou à un séraphin, guettait le moment d'asséner quelques vérités premières bien senties à cette grosse femme ruisselante d'enthousiasme. Elle serait la première habitante de Folignazzaro sur laquelle il savourerait sa vengeance. Il la laissa aller son train, jouissant sadiquement, à l'avance, de sa riposte. Non pas qu'il fût mauvais, Cecotti, mais depuis son arrivée à Folignazzaro, il estimait en avoir assez enduré. Inconsciente de ce qui la menaçait — et que Timoleone prévoyait — Eloisa continuait son chant d'amour et de reconnaissance.

— La vie et l'honneur, vous lui rendez à mon Amedeo! Quand il est rentré à la maison, hier soir, j'en croyais pas mes yeux! J'ai même pas eu la force de me lever pour le prendre dans mes bras tellement j'avais pleuré! Mes sanglots on les entendait jusqu'à l'église, il paraît, et ma voisine Suzanna, elle disait à tous ceux qu'elle rencontrait : cette pauvre Eloisa, elle ira plus bien loin maintenant!... Un désespoir pareil on n'en a jamais vu! Je pensais pas qu'une femme puisse avoir tant de larmes dans le corps! Voilà ce qu'elle racontait Suzanna et pourtant — Timoleone vous le confirmera — c'est pas une tendre, Suzanna! Mais elle, elle le connaît bien mon Amedeo. Elle sait qu'il est incapable de se conduire de façon à me causer du chagrin. Et quand j'ai appris que vous vouliez l'emmener à Milan, enchaîné comme une bête enragée, mon cœur s'il a pas craqué c'est qu'il est solide. Parce qu'on est grosse, on s'imagine qu'on souffre moins que les autres! c'est pas vrai! Seulement... on n'ose pas le montrer... on a toujours peur d'être ridicule. Si j'en avais eu la force, signor inspecteur, je serais venue hier soir vous remercier devant tous, à genoux! Et puis ce matin, je tenais pas à quitter mon fils. Je lui ai préparé son petit déjeuner et puis son déjeuner... Un « vitello al uccelletto con carciofi » (1)... C'est ce qu'il préfère... Mais le monstre, il est pas encore rentré. Alors je me suis pensé qu'il se trouvait sans doute avec vous autres... Vous savez où il est mon Amedeo?

— Non, signora, non je ne sais pas où il est votre Amedeo, mais je sais bien où il sera dès qu'on aura mis la main sur lui!

Le ton du policier fit pâlir Eloisa.

— Et où ça, donc?

— En prison!

— Encore!

— Et pour longtemps! car votre Amedeo, c'est un assassin et un suborneur!

La signora resta le souffle court, incapable d'articuler un mot. Timoleone essaya de se porter à son aide mais d'un geste, elle l'immobilisa. Elle entendait mener son combat toute seule.

(1) Oiseaux sans tête aux artichauts.

— C'est de mon fils unique, que vous osez parler comme ça?

— Rentrez chez vous et laissez-moi exercer mon métier!

— Il est joli votre métier! et vous pensez qu'il vous suffit d'ordonner : rentrez chez vous! pour qu'aussitôt je vous obéisse et que j'abandonne mon fils? ma qué! pour qui donc vous vous prenez, eh?

— Pour un policier qui entend faire respecter la loi!

— Une drôle de loi que celle qui persécute les innocents et insulte leurs mères! Timoleone, retiens-moi, sans ça je l'étrangle ce Milanais!

— Vous vous permettez de me menacer?

Le maréchal tenta d'arranger les choses.

— Ne l'écoutez pas, signor inspecteur... C'est le chagrin qui la pousse à proférer des sottises... Eloisa, je t'en prie?

— Tais-toi! tu vaux pas mieux que lui! Toi aussi, tu en veux à Amedeo!

— Moi? et pourquoi?

— Parce qu'il est pas ton fils! C'est ta vieille jalousie! Tu me pardonneras jamais de pas t'avoir cédé! Mais je suis une honnête femme, tu entends Timoleone? une honnête femme tandis que toi, tu es une crapule!

— Ah! prends garde à tes paroles, Eloisa!

— Pour protéger l'assassin de ce Talamani, tu es prêt à sacrifier mon fils! le fils que j'ai eu avec un autre que toi! c'est ça que t'arrives pas à encaisser : hein? avoue-le, Timoleone?

Le maréchal s'adressa à Cecotti et, tristement :

— Vous l'entendez? se permettre de parler de cette façon à un homme de mon âge et revêtu de son uniforme...

Le policier que cette scène fatiguait, répondit sèchement :

— Dressez-lui procès-verbal... Avec mon témoignage, elle sentira passer la note!

Eloisa s'en prit de nouveau à Matteo s'immiscant dans sa querelle avec Rizzotto.

— Et d'abord, de quoi vous vous mêlez, espèce de Milanais? Qu'est-ce que vous savez de mes histoires avec Timoleone? Comment auriez-vous appris que pendant des années il m'a couru après que j'osais pas seulement sortir seule! Que lorsque je me suis mariée, il a fallu se mettre à plusieurs pour l'empêcher de se suicider, tellement il était malheureux?

Rizzotto s'empoigna la tête à pleines mains :

— Ma qué! où elle va chercher tout ça! J'étais en garnison à Forli quand tu t'es mariée et je ne t'avais pas vue depuis au moins sept ou huit ans!

— Justement parce que tu souffrais!

— Ma qué! même si tu disais vrai, ma pauvre Eloisa, il y a plus de trente ans de ça!

— Et alors? Un amour ça s'oublie pas, Timoleone Rizzotto et ton acharnement contre mon fils qui te rappelle ton rival, prouve assez que t'as rien oublié!

Cecotti arrêta le débat.

— Vos histoires personnelles ne m'intéressent absolument pas! Je suis ici pour chercher le meurtrier de Talamani et je l'ai trouvé en la personne de votre fils Amedeo que j'emmène à Milan pour y répondre de son crime!

— Jamais!

— Maréchal, cherchez cet individu et amenez-le ici!

Eloisa se dressa devant Rizzotto les bras en croix.

— Si tu essaies de sortir de cette pièce, Timoleone, je t'arrache les yeux!

Le maréchal tenait à ses yeux et connaissait l'emportement de la signora Rossatti. Il hésita. Le policier ricana :

— Avez-vous peur?

— Je ne pourrais pas dire que j'ai peur... mais un peu, tout de même.

Et placide, ne se doutant de rien, le brigadier Amedeo Rossatti se montra, sourit à la ronde avant de souhaiter une bonne journée à tout le monde. Eloisa réagit la première et, bousculant son fils, l'adjura de se sauver mais Cecotti hurla :

— Amedeo Rossatti, au nom de la loi, je vous arrête! vous êtes accusé de meurtre sur la personne d'Eusebio Talamani!

Stupéfait, le garçon ne comprenant rien à ce qui se passait, protesta :

— Ça recommence?

— Ça continue! Vos ruses n'ont servi à rien sinon à entraîner dans la honte deux jeunes filles qui se repentiront de vous avoir écouté!

Timoleone Rizzotto jugeant que la partie était jouée, que plus rien ne pouvait désormais sauver Amedeo, se désintéressa de la question. Il pensa à aller chercher don Adalberto mais le padre ne pourrait rien contre ce policier conscient de remplir sa tâche.

Pour ajouter à la confusion, le carabinier Busanela poussant devant lui Teresa et Sabina vint s'agglomérer avec ses prisonnières au plus fort de la joute oratoire. Matteo s'égosillait vainement pour réclamer le silence. Il empoigna Teresa par les épaules et la secoua :

— Vous m'avez menti, hein? Pourquoi m'avez-vous menti?

— Pour faire plaisir à Sabina!

— Et vous Sabina?

— Pour protéger Amedeo!

— Et pour quelles raisons vouliez-vous le protéger?

— Parce qu'on l'accusait!

— Et alors?

— Il est innocent.

— Qu'en savez-vous?

— Ce soir-là, Talamani était sorti avec une des filles du cordonnier Bertolino.

— Qu'est-ce que c'est encore que cette histoire-là?

— Ce garçon aimait Eufrasia qui l'aimait.

Teresa protesta :

— Tu te trompes! C'est pas Eufrasia mais Clara!

— Pas du tout. C'est Eufrasia.

— Ma qué! Clara elle-même m'a dit combien elle chérissait son Eusebio et que lorsqu'ils seraient mariés, elle irait à Milan et deviendrait une dame!

— Tu dois confondre, Teresa! Parce que moi, Eufrasia m'a juré qu'Eusebio devait l'épouser et qu'après ils se rendraient en Suisse!

Cecotti se trouvait exactement dans l'état

d'esprit du nageur épuisé qui croyant toucher enfin le bord s'aperçoit qu'il a été victime d'un mirage et que la rive est encore éloignée, trop éloignée pour qu'il puisse espérer l'atteindre. Une colère aveugle lui ôta tout son sang-froid. Empoignant la bouteille de vin vide qui était sur la table, il la jeta de toutes ses forces contre le mur où elle éclata. Ce geste de fureur imposa un silence immédiat. Du pouce, Matteo élargit le nœud de sa cravate et déboutonna son col. Puis, d'une voix sourde :

— Ecoutez-moi bien vous deux... Vous n'allez pas remettre ça, hein? Eufrasia ou Clara je m'en fous! parce que je ne vois pas ce que le comportement de ces filles a à voir avec le crime imputé à Rossatti!

Sabina, la douce, la paisible, regarda le policier avec cet air de franchise innocente qui donnait à Cecotti l'envie de la gifler.

— Ma qué! signore, si Eusebio se promenait en compagnie d'Eufrasia, il n'était pas avec Amedeo... et même ils se seraient rencontrés qu'Amedeo aurait été tout heureux de se rendre compte qu'il en préférait une autre que son Agnese!

— Avec qui Talamani venait de se fiancer?

Teresa fournit une explication :

— Moi, je crois qu'Eusebio il a fait ça pour avoir la paix chez Maître Agostini, mais il aurait jamais épousé Agnese... On se marie pas avec une fille qu'on n'aime pas surtout quand on en aime une autre, n'est-ce pas signore?

— Je n'en sais rien! Et puis je suis sûr que vous êtes en train de me mentir! Busanela, flanquez-les en cellule! Je les emmène à Milan et passez les menottes à Rossatti. Un assassin ne doit pas garder les mains libres!

Busanela n'avait jamais été d'un courage à toute épreuve et d'autre part, il était parfaitement soumis à la discipline militaire. Passer les menottes à son brigadier s'affirmait un geste dépassant son entendement. Néanmoins, triomphant de ses répugnances, il se dirigeait vers Amedeo lorsque Eloisa, le visage mauvais, se dressa devant lui.

— Touche-le seulement! à peine tu l'effleures que je te mets dans un tel état, que tu te feras peur si tu te regardes dans la glace!

Ilario tenait à l'intégrité de ses traits et il chercha du secours du côté de Timoleone.

— Vous voudriez pas les lui passer les menottes, maréchal?

— Moi? Ma qué! il me semble que tu te permets de me donner des ordres, à présent, Busanela, eh?

Hors de lui, Cecotti arracha les menottes des mains du carabinier et s'apprêtait, ayant bousculé dona Eloisa, à enchaîner Amedeo quand Zamarano apparut, un vieux fusil de chasse au poing, suivi de Zefferino brandissant une masse. Le fromager rugit :

— Il paraît que quelqu'un veut toucher à ma fille? Sang du Christ! qui c'est? qu'il se montre! et je lui mets toutes les tripes au soleil! et après seulement, je discuterai! Et toi, Zefferino, qu'est-ce que tu décides?

Le maçon fit tournoyer sa masse comme s'il s'agissait d'une canne et déclara le plus simplement du monde :

— Je lui éparpille la cervelle.

Sabina s'en fut se blottir contre son fiancé et Teresa se mit à l'abri derrière le fromager. Outré devant cette rébellion qu'il n'aurait jamais supposée possible, Matteo apostropha Timoleone :

— Ma qué! maréchal? vous allez les laisser bafouer l'autorité de l'Etat sans bouger?

Rizzotto s'affirmait toujours homme de devoir dans les moments difficiles. Il ne partageait pas les vues de l'inspecteur quant à la culpabilité d'Amedeo mais cette révolte de Folignazzaro contre la loi, il ne pouvait pas l'admettre et dût son cœur se fendre et s'émietter, il était résolu à remplir la mission lui incombant. Il se leva pesamment, se coiffa avec solennité de son bicorne, passa la jugulaire, sortit son revolver de l'étui et d'une voix forte, annonça :

— Attention!

Ils se turent et l'examinèrent avec un rien d'incrédulité.

— Attention!... C'est grave ce que vous êtes en train de faire! très grave! Quelque chose qui peut vous mener au bagne pour le reste de votre vie!

Zamarano protesta :

— Parce que je défends ma fille?

— Parce que tu te dresses contre la loi! Pose ton fusil par terre, Zamarano, sinon je te colle une balle dans le corps!

Cette éventualité stupéfia le fromager.

— Tu... tu me tuerais, Timoleone?

— Si je te tue ce ne sera pas exprès mais je te tire dessus, à cause du costume que je porte et des galons que j'ai sur les manches!

Pas encore bien convaincu, Zamarano réclama des explications supplémentaires.

— Et après?

— Après j'ordonnerai de te mener à l'hôpital, où j'enverrai chercher don Adalberto. Busanela, prends-lui son fusil!

Ecrasé par les menaces du maréchal, le fromager remit son arme au carabinier sans plus élever la moindre protestation. Zefferino agit de même.

— Et maintenant, Teresa et Sabina venez vous mettre par ici, derrière moi pour que je vous interroge tout à l'heure.

Les jeunes filles, matées, obéirent et commencèrent à pleurer.

— Quant à vous, signora Rossatti...

Mais Eloisa apparaissait d'une autre trempe que les autres.

— Moi, tu sais ce que je te dis, Timoleone?

Rizzotto feignit de ne pas comprendre.

— Quant à vous, signora Rossatti, en vous comportant ainsi, vous aggravez le cas de votre fils et si les juges se montrent plus sévères qu'on est en droit de l'espérer à son égard, ce sera de votre faute. Amedeo Rossatti, jusqu'à ce que la preuve de ton crime me soit indiscutablement fournie, je te considère comme innocent. Tu es toujours brigadier de carabiniers et c'est à ce titre, moi, ton maréchal, que je t'ordonne de gagner la cellule. Busanela t'y enfermera.

Cecotti, un peu vexé, admirait l'autorité aussi soudaine qu'inattendue témoignée par Rizzotto et tout serait rentré dans l'ordre puisqu'Eloisa, cédant aux conseils chuchotés de son fils, trouvait un refuge dans les larmes, si don Cesare n'était entré, l'air furieux comme à son habitude.

— Ma qué! Timoleone, qu'est-ce que c'est ce cirque, eh?

Dès lors, l'atmosphère se détendit, la majesté du moment s'effaça et tout un chacun recommença à soutenir son opinion avec des cris, des gestes, des gémissements et des menaces. Matteo vouait le maire à tous les diables. Résigné, le maréchal ôtait la jugulaire lui sciant le visage et enlevait son bicorne.

— Don Cesare, nous réglions une affaire importante!

— A Folignazzaro? ça m'étonnerait!

— Don Cesare, aviez-vous quelque chose d'important à me communiquer?

— Parfaitement! sans quoi, t'imagines-tu que je me serais déplacé au lieu de te convoquer? Seulement, je pensais que tu serais seul et, de voir cette foule, j'ai oublié... Bon, je reviendrai.

Le maréchal remit vivement son bicorne, espérant qu'après le départ du maire, il pourrait recréer cette atmosphère de respect et d'obéissance qu'il était parvenu à obtenir avant cette fâcheuse interruption.

— C'est ça, don Cesare... ou bien je passerai chez vous, si toutefois vous ne fermez pas la porte à clé!

Le vieillard, qui était sur le moment de quitter les lieux, se retourna brusquement.

— La clé! Ça y est! tu es génial, Rizzotto, par instant! La porte de Gelsomina Carafalda, la postière, est fermée à clé et je n'ai pas pu acheter de timbre!

— Fermée à clé, don Cesare? Etes-vous bien sûr? Gelsomina est très scrupuleuse et il n'y a aucune raison pour qu'elle n'ait pas ouvert son bureau à l'heure habituelle?

— Oh! si! il y en a une... Elle est morte.

— Morte?

Sauf Cecotti ne connaissant pas celle dont il était question, tous crièrent « morte? » en même temps. Le maréchal étendit le bras pour réclamer le silence discret qui s'imposait dans ces tristes circonstances.

— Mais, don Cesare, comment le savez-vous puisque la porte...

— La fenêtre n'était que poussée... Je l'ai ouverte et j'ai vu cette pauvre Gelsomina. Elle a le nez sur son bureau.

— Busanela va tout de suite chercher le médecin, elle n'est peut-être qu'en syncope?

— Ça m'étonnerait.

— Et pourquoi?

— Parce qu'on lui a écrabouillé la tête.

CHAPITRE VI

Ils s'étaient rués vers la maison de Gelsomina, petite troupe pleine de cris, d'imprécations et d'appels bruyants pour solliciter l'intervention divine. En tête, précédant les autres d'au moins une vingtaine de mètres, Matteo Cecotti galopait, affolé à l'idée des responsabilités encourues par sa seule présence à Folignazzaro. Comment expliquer, le cas échéant, au commissaire Rampazzo que dans un village peuplé de quelques centaines de gens, on pouvait se permettre d'assassiner son prochain sous le nez d'un inspecteur de la police criminelle de Milan? Loin derrière ceux qui suivaient le policier, le maréchal avançait d'un pas tranquille. D'abord, parce que courir l'eût essoufflé et couvert de ridicule, ensuite parce que la galanterie l'obligeait à tenir compagnie à Eloisa que l'émotion jointe à son poids empêchait de tenter des performances qu'elle savait hors de sa portée. Quant à don Cesare, demeuré sur le seuil du poste des carabiniers, il regardait ces excités se précipiter vers la morte et hochant la tête, se demandait s'ils n'avaient pas tous perdu l'esprit? Qu'ils arrivent quelque secondes plus tôt ou plus tard, la chère Gelsomina n'en resterait pas moins morte et quelques secondes est-ce que cela compte en regard de l'éternité?

Aidé de Busanela qui joignit ses forces aux siennes, Cecotti enfonça la porte et ordonna au carabinier d'empêcher qui que ce soit d'entrer, sauf le maréchal. On protesta, outré que le Milanais entendît s'occuper seul de Gelsomina qu'il ne connaissait seulement pas et qui appartenait à ses amis de Folignazzaro. La pauvre postière avait reçu un terrible coup sur l'arrière de la tête et avait dû mourir sur l'instant. Les tiroirs arrachés, les rares dossiers répandus sur le sol disaient assez que le furieux, ayant commis ce crime abominable, n'avait tué Gelsomina que pour la dévaliser. Matteo demanda au maréchal qui, l'œil humide, contemplait le cadavre :

— Qu'est-ce qu'elle pouvait garder comme argent, ici?

— Au maximum une dizaine de milliers de lires... Qui aurait pu prévoir qu'elle finirait de cette façon, notre Gelsomina?... S'il y en avait une à l'abri de toutes les passions, c'était bien elle... Petite fille, elle n'aimait que la solitude... Elle passait des heures à l'église... On pensait qu'elle deviendrait religieuse, mais sa mère n'a pas accepté qu'elle la quitte... Une personne effacée, modeste... qui ne parlait jamais de ses soucis... toujours prête à rendre service... et on l'a tuée pour quelques milliers de lires!... Pauvre Gelsomina! heureusement qu'elle ne s'est pas douté que sa mort serait si tapageuse, elle en aurait été malade de honte...

Timoleone se tut, réfléchit quelques secondes et conclut :

— Il y a quand même de beaux salauds sur cette terre!

Ramené par Busanela, le médecin diagnostiqua une fracture de la face postérieure du crâne. Coup — à son avis — appliqué par quelqu'un de très vigoureux ou sous l'empire d'une émotion violente. La mort avait dû être instantanée et ne paraissait pas remonter à plus d'une heure ou deux. Donc le meurtrier se trouvait encore à Folignazzaro, peut-être parmi ceux agglomérés devant la porte ou parmi les hommes tournant autour du cadavre de Gelsomina car, parmi ces hommes, il y avait Amedeo Rossatti dont nul ne savait ce qu'il était devenu depuis le matin et qui venait tout juste de réapparaître. Il aurait donc eu tout le temps nécessaire d'assassiner la postière avant de se présenter au maréchal en s'enquérant d'un air innocent de ce qui se passait.

Abandonnant la dépouille de Gelsomina au médecin et à Eloisa que d'autres femmes alertées ne tardèrent pas à rejoindre, Cecotti ramena Teresa et Sabina chez les carabiniers. Sa réputation et plus encore sa carrière étaient en jeu. Milan n'accepterait pas un échec. Matteo ne pouvait regagner la grande ville qu'en ramenant le meurtrier d'Eusebio Talamani qui, sans aucun doute, se révélerait être également celui de la postière, bien que le policier ne vît pas clairement un lien entre les deux affaires. A moins que le tueur tapi dans le village et convaincu que les filles ne persisteraient pas dans les mensonges imaginés pour le sauver, se soit décidé à fuir Folignazzaro et ait eu besoin d'argent. D'où l'assassinat de Gelsomina pour un bien maigre butin...

Contrairement aux sentiments qui l'agitaient jusqu'ici, Cecotti se sentait parfaitement calme. Il rassembla son monde dans le bureau du maréchal et ferma la porte, marquant par là sa résolution d'en terminer avec ce qui se passait à Folignazzaro. Il s'adressa d'une voix très calme à Busanela :

— Comme il m'est impossible, sur leurs seuls serments, de deviner qui ment et qui dit la vérité parmi ces signorine paraissant avoir une idée très approximative de leurs devoirs envers la justice, carabinier, avec la permission de votre maréchal, je vous prie d'aller chercher le notaire Agostini et le padre pour qu'ils puissent se porter garants ou non de la moralité des personnes interrogées.

Timoleone ayant approuvé d'un hochement de tête, Ilario Busanela s'en fut remplir sa mission. L'inspecteur reprit la parole :

— Et maintenant, écoutez-moi bien vous autres. Je téléphone une fois de plus à Milan pour annoncer que je remets encore mon départ. Vous devez être assez intelligents pour admettre que je n'entends pas sacrifier ma carrière à seule fin de vous être agréable. De gré ou de force, je ramènerai le ou les coupables demain au plus tard, je vous en donne ma parole!

Il quitta la pièce, laissant ses auditeurs nettement impressionnés. Au téléphone, il tenta d'expliquer au commissaire Rampazzo le nouveau drame qui venait d'avoir lieu. Son chef prit assez mal la nouvelle, exposa nettement à Matteo ce qu'il pensait de ses qualités de policier et lui accorda vingt-quatre heures de sursis pour réussir, sinon il expédierait l'inspecteur Gioretta pour prendre sa relève. Il raccrocha pour couper court à toute protestation de la part de son subordonné qui retourna parmi ses suspects, l'amertume au cœur car il n'ignorait rien des faiblesses de Rampazzo pour son collègue Gioretta.

Ayant repris place à côté du maréchal, Cecotti regarda les deux filles et Amedeo debout, en face de lui.

— Depuis que je suis arrivé, une sorte de conspiration tend à me diriger sur de fausses pistes. Je m'y suis laissé prendre car je ne pensais pas les filles de Folignazzaro capables de mentir à la justice. J'ai eu tort mais les choses vont changer, faites-moi confiance. Teresa Gabrielli vous n'êtes pas allée attendre Rossatti au sortir du café comme vous le prétendiez, n'est-ce pas?

— Non.

— Pour quelles raisons avez-vous inventé cette histoire?

— Parce que je croyais que Sabina était partie se promener en compagnie d'Amedeo et que son amoureux est plus jaloux et plus violent que le mien.

— Donc, c'est pour Sabina et non pour Rossatti que vous avez cru devoir mentir?

— Oui.

— Sabina Zamarano, à votre tour. Quels

motifs aviez-vous pour tenter de me convaincre qu'Amedeo et vous étiez ensemble?

— Parce que j'aime Amedeo comme un frère et cela depuis que nous avons été à l'école ensemble. Je savais que vous vouliez l'arrêter et je savais aussi que vous vous trompiez en le soupçonnant de meurtre, alors je vous ai menti et j'ai persuadé Teresa de vous mentir, à seule fin de vous embrouiller et de donner une chance à ceux qui le cherchent vraiment, de mettre la main sur le meurtrier d'Eusebio Talamani.

Matteo rougit sous l'allusion visant son incapacité.

— Je pense, signorina Zamarano que vous vous rendez compte dans quelle situation vous vous mettez en avouant avoir sciemment tenté d'égarer la justice?

— Vous me reprochez, maintenant, de dire la vérité? Vous vous acharnez après Amedeo au lieu de regarder du côté du mort!

— Parce que vous estimez sans doute qu'il s'est flanqué une râclée à lui-même avant de se suicider?

— Non, mais il a pu être rossé par quelqu'un à qui ça n'aura pas plu de le voir fricoter avec Eufrasia alors qu'il venait de se fiancer avec Agnese.

Teresa interrompit sa camarade :

— Avec Clara...

L'inspecteur, qui recommençait à perdre son sang-froid, tapa sur la table.

— Assez! Eufrasia ou Clara cela importe peu pour l'instant. Et puis, signorina, vous oubliez une chose importante : Maître Agostini a été témoin de la bataille entre Talamani et Rossatti!

Sabina n'en perdit pas son calme pour autant.

— Don Isidoro craignait tellement qu'Amedeo empêche les fiançailles de sa fille qu'il est capable de tout inventer pour punir le brigadier des soucis qu'il lui a donnés.

— En somme, vous estimez le notaire capable de faux témoignage?

Elle le fixa tranquillement dans les yeux.

— Pourquoi pas?

— Et il aurait commis cette forfaiture uniquement pour se venger d'Amedeo Rossatti?

— Ou pour protéger le champion de Eufrasia.

Sans bouger, Teresa précisa :

— De Clara.

— C'est bon, j'interrogerai également ces jeunes filles et pour peu que les choses continuent de la sorte je serai contraint de faire subir un examen de conscience à toutes les signorine de Folignazzaro! Et maintenant, Amedeo Rossatti, si nous parlions un peu de vous?

— Oh! je n'y tiens pas particulièrement, signore.

— Ma qué! moi, j'y tiens, eh? Vous avez mis sur pied, avec la complicité de ces jeunes personnes, de bien jolies histoires qui n'ont qu'un défaut mais de taille : elles sont fausses. De mon côté, j'en ai une qui a le mérite d'être beaucoup moins compliquée. Me permettez-vous de vous la raconter?

— Je vous en prie, signor inspecteur...

— Merci... Donc, dans le village de Folignazzaro il y avait un notaire très fier de sa fille, la plus riche héritière du pays et l'une des plus jolies. Il désirait pour elle un mariage avec un garçon de son milieu et qui pourrait lui succéder. Seulement, dans ce même village, vivait un certain brigadier de carabiniers qui avait su tourner la tête à la fille du notaire, laquelle prétendait ne pas vouloir pour époux un autre homme que lui. Cependant, en dépit de ses manœuvres, le notaire fiança son héritière à qui il l'entendait et le carabinier furieux commença par boire un peu plus que de raison. Le malheur voulut que dans la nuit il rencontra son rival. Aveuglé par la jalousie et par le dépit, il lui sauta dessus et sous les yeux horrifiés du notaire l'assomma puis, profitant de ce que le témoin se précipitait chez lui pour prendre une arme, il acheva son ennemi sans défense. La seule excuse du meurtrier est qu'il avait complètement perdu la tête. Grâce à d'incroyables faiblesses de la force publique...

Le maréchal prit un air dégagé comme si ces remarques ne le concernaient pas.

« ... grâce aussi à d'étonnantes complicités, nées d'une solidarité mal comprise, le carabinier put, un moment, en dépit du témoignage du notaire, espérer échapper au châtiment. Mais bientôt, il devina que la police réduirait ses défenses une à une, démasquerait les imposteurs et qu'il serait bon de quitter Folignazzaro au plus tôt et de tenter de franchir la frontière suisse. Seulement, pour cela, il faut de l'argent et un carabinier — fût-il brigadier — ne roule pas sur l'or. Alors, notre homme pensa au seul endroit de Folignazzaro où il pouvait y avoir de l'argent dont il serait facile de s'emparer sans pour autant porter préjudice à ses amis : le bureau de poste. Je suis persuadé qu'il n'avait pas du tout l'intention de tuer Gelsomina mais cette vieille fille fort scrupuleuse n'accepta sans doute pas de se laisser dépouiller d'un argent ne lui appartenant pas et justement parce qu'il ne lui appartenait pas. Et j'ai comme une idée que ce meurtrier entendait profiter de la nuit prochaine pour filer. Qu'est-ce que vous pensez de mon histoire?

— Elle est rudement bien menée, signor inspecteur, seulement elle a le même défaut que celles de Teresa et de Sabina.

— Vraiment?

— Eh! oui, signore! Elle est fausse!

— Ce n'est pas mon avis, figurez-vous!

Les choses recommençaient à s'envenimer lorsque Busanela revint accompagné du notaire. Don Isidoro paraissait bouleversé.

— Le carabinier m'a appris... pour Gelsomina... Seigneur! qu'est-ce qu'il nous arrive à Folignazzaro?

Le policier jugea que l'heure n'était plus aux plaintes mais à l'action. Négligeant de répondre à Maître Agostini, il s'adressa à Ilario.

— Et le padre?

— Il est parti hier soir pour Milan et ne rentrera que ce soir.

Un moment, Matteo crut que le prêtre était allé se plaindre de lui à Rampazzo mais, à la réflexion, le commissaire aurait eu trop de joie à lui toucher un mot de la visite de don Adalberto et s'il ne l'avait pas fait c'est que le padre se trouvait à Milan pour un autre motif.

— Eh bien! nous nous passerons de lui... Signor Agostini, cette signorina-là vous soupçonne de faux témoignage.

— Vraiment?

— Elle prétend que ce n'est pas Rossatti qui s'est battu avec votre clerc.

— Mais j'ai assisté à l'empoignade!

— Justement. Elle affirme que vous accusez Rossatti pour vous venger de lui à cause de ses manigances auprès de votre fille ou pour protéger quelqu'un d'autre.

Le notaire montra du doigt le brigadier.

— Et lui qu'est-ce qu'il dit?

— Qu'il n'a rien à dire.

Don Isidoro alla à Rossatti.

— Amedeo Rossatti... Je vous demande la vérité... rien que la vérité... Je n'affirme pas que vous ayez tué Talamani... J'étais reparti pour chercher mon revolver mais vous savez bien que vous l'avez affreusement corrigé?

Le brigadier qui se souvenait des ordres de don Adalberto, refusa de répondre.

— C'est à la police d'apporter des preuves de ce dont elle m'accuse, pas à moi de les lui fournir. Je regrette, don Isidoro.

Le notaire se tourna vers Sabina.

— Et toi, comment oses-tu me salir? Je t'ai vu naître... Ton père et moi avons toujours entretenu de bons rapports. Pourquoi esaies-tu de me faire passer pour un menteur?

Butée, la jeune fille rétorqua :

— Amedeo est innocent!

— De la mort de Talamani peut-être mais pas de la râclée qu'il lui a administrée sous mes yeux!

— Si c'est vrai!

Don Isidoro resta la bouche ouverte et Cecotti jugea qu'il ressemblait à une carpe cherchant désespérément l'oxygène lui manquant. La figure du notaire s'empourprait. Il marcha vers Sabina la main levée et Busanela n'eut que le temps de se placer devant la jeune fille pour la protéger, tandis que l'inspecteur intimait sèchement à Maître Agostini d'avoir à se tenir tranquille. Le notaire, ayant retrouvé sa respiration, bégayait de fureur :

— Elle ose!... la... la garce!... à moi!... devant... tout... tout le monde! C'est... c'est la première fois qu'on... qu'on me manque de... de respect!

— Calmez-vous!

— Me calmer alors qu'on soupçonne mon honnêteté? maréchal! Je dépose une plainte pour diffamation!

Résigné, Timoleone concéda :

— C'est votre droit, don Isidoro.

— Je pense bien que c'est mon droit! Je ruinerai ton père, Sabina, tu entends? Je le ruinerai! Et vous quitterez Folignazzaro!

Cecotti jugea que la discussion s'engageait dans une direction qui ne l'intéressait pas.

— Vous enregistrerez sa plainte plus tard, maréchal. Pour l'instant nous nous occupons de quelque chose de plus grave, de deux meurtres. Maître Agostini soupçonniez-vous Eusebio Talamani de fréquenter une autre fille pendant qu'il courtisait la vôtre?

— Qu'est-ce que c'est encore que ça?

— Ma question est très claire, je vous prie d'y répondre par oui ou par non.

— Ma qué! non, mille fois non! Talamani n'avait d'yeux que pour Agnese!

Teresa gloussa de façon fort insolente, ce qui lui attira les foudres de don Isidoro.

— Toi, je te conseille de te taire, sans ça ta mère supportera aussi les conséquences de ta conduite à mon égard! Signor inspecteur, vous pouvez vous renseigner auprès de tous ceux qui l'ont connu : Eusebio n'a jamais eu d'aventure féminine à Folignazzaro. D'ailleurs, je ne l'aurais pas supporté!

— A condition que vous ayez été au courant?

— Croyez-moi, ici, on est très vite au courant de tout!

— Sauf, quand il s'agit de découvrir un ou deux meurtriers!

— C'est qu'alors, on ne veut pas le découvrir!

Et ce disant, le notaire regarda le maréchal d'un air qui en disait long. Le policier l'approuva :

— C'est aussi mon avis. Voilà ce que je décide. Jusqu'à preuve formelle du contraire, je tiens le témoignage de Maître Agostini pour véridique. Partant de là, je soupçonne Amedeo Rossatti d'être le meurtrier d'Eusebio Talamani pour se venger d'un rival lui prenant celle qu'il aimait et d'avoir assassiné Gelsomina Garafalda afin de piller les fonds du bureau de poste, ceci pour se procurer l'argent nécessaire à sa fuite. Je le soupçonne, avec la complicité des signorine Teresa Gabrielli et Sabina Zamarano d'avoir monté une intrigue fort embrouillée dans l'intention évidente de détourner mes soupçons sur un tiers inconnu ou de se procurer un alibi susceptible de le disculper à mes yeux. Dans ces conditions, j'arrête Amedeo Rossatti. Il sera immédiatement enfermé et sa surveillance mise à la charge du maréchal Rizzotto. Quant aux jeunes filles qui ont été assez sottes pour se prêter à des manœuvre punies par la loi, je veux bien réfléchir jusqu'à ce soir sur leur cas, compte tenu de leur inexpérience facile à abuser. Je les consigne dans leurs maisons et j'en rends responsables leurs parents qui ont peut-être été dupés par leurs enfants. Mais ceci reste à démontrer. Je m'y emploierai avant de quitter définitivement — et avec soulagement — Folignazzaro. Sabina Zamarano et vous, Teresa Gabrielli, rentrez chez vous et n'en bougez sous aucun prétexte jusqu'à ce que je vous en donne la permission. Maître Agostini, je vous remercie de votre contribution à mes recherches. Vous pouvez disposer. Maréchal, veuillez ordonner au carabinier Busanela d'enfermer Rossatti.

Cecotti se rassit, pas mécontent d'un discours ayant produit son effet, s'il en devait juger par les mines consternées des assistants. Timoleone, d'une voix brisée par l'émotion, commanda :

— Busanela... enferme Amedeo.

Lorsque le brigadier fut de l'autre côté de la porte de la cellule, Maître Agostini partit le premier, puis Teresa et Sabina tandis que

Busanela retournait prendre son poste sur le seuil.

Matteo se sentait nettement plus à l'aise. Persuadé que l'enquête touchait à sa fin, cette conviction le mettait de bonne humeur.

— Signor maréchal, je dois interroger ces petites dont les deux autres menteuses m'ont parlé, Eufrasia et Clara. Où les trouve-t-on?

— Chez leurs parents. Bertolini est cordonnier. Vous ne pouvez pas vous tromper. Vous prenez le chemin qui mène chez le maire et très vite vous entendrez siffler Bertolini, leur père. Vous n'aurez qu'à vous laisser guider mais vous savez, signor inspecteur, Eufrasia et Clara sont...

— ... de bonnes petites, je m'en doute, comme Teresa et Sabina, n'est-ce pas? Je vais vous avouer une chose, maréchal, c'est que vos filles de Folignazzaro, j'en ai marre!

Et sur cette remarque péremptoire, Matteo Cecotti s'en fut à la recherche de celle que Talamani aurait soi-disant courtisée.

Effectivement, on entendait le cordonnier de loin. Il sifflait avec une maîtrise qui, tout de suite, impressionna l'inspecteur. Il montait la gamme, la redescendait, se permettait des fantaisies, puis entonnait des chansons populaires dont il modulait les sons, les étirant, les raccourcissant, se livrant à une gymnastique qui lui eût valu une bonne notoriété sur une scène de music-hall. Ponctuant son rythme de coups de marteau, le cordonnier Bartolini sifflait *Tu sei romantica...* un air à la mode que Cecotti reconnut immédiatement. Sans y prendre garde, il se mit à fredonner les paroles qui lui montaient aux lèvres. Tu es romantique... Réalisant ce qu'il chantonnait, le policier s'arrêta net. Romantique! Les filles de Folignazzaro qui devenaient son cauchemar étaient peut-être romantiques dans leur dévouement à la cause perdue d'Amedeo Rosatti, mais elles se signalaient surtout comme des enquiquineuses de premier ordre dont il garderait un souvenir abominable. Plein d'une résolution vengeresse, le policier pénétra dans l'échoppe du cordonnier, qui, à sa vue, interrompit ses ritournelles.

— C'est vous, Bertolini?

— Oui.

— Vos filles sont là?

L'attitude du cordonnier changea. Tenant le manche de son marteau bien serré dans sa main droite, il avança un visage menaçant.

— Et en quoi ça vous regarde?

— J'ai à leur parler.

— Et vous croyez comme ça, qu'un étranger peut parler à mes filles sans m'en demander la permission.

— Dans mon métier, on ne demande de permission à personne, signor Bertolini. Je suis inspecteur de police.

— Et ça vous donne le droit de vous conduire chez moi comme si vous étiez le maître?

— Oui ou non, vos filles sont-elles là?

— Qu'est-ce que vous leur voulez?

— Vous tenez absolument à ce que je vous envoie devant les tribunaux pour entrave à l'exercice de la justice?

— Mes filles n'ont rien à voir avec la justice!

— Ça, c'est à moi d'en décider! Alors, où sont-elles?

— Vous leur parlerez devant moi. Parce que je vous connais vous autres, les gens de la ville! Vous vous imaginez que parce que vous avez affaire à des filles de la campagne, vous pouvez vous permettre de...

— Vous avez terminé votre numéro, oui? Quant aux filles de Folignazzaro, je pourrais rester seul sur une île déserte pendant dix ans avec une de leurs représentantes, je préférerais conter fleurette à un scorpion!

Incrédule, Bertolini l'examina et conclut :

— Vous, vous devez pas être normal...

Et se dressant, il hurla à pleins poumons :

— Eufrasia!... Clara!... venez mes agnelles!

Lesdites agnelles qui devaient écouter derrière la porte, entrèrent côte à côte avec des mines hypocrites qui, tout de suite, hérissèrent le policier. Il devinait qu'avec celles-ci encore, il aurait du mal pour essayer de connaître la vérité, chose qui semblait répugner à tous les habitants de Folignazzaro. Visiblement fier de sa progéniture, Bertolini montra d'un geste superbe ses deux filles.

— Voilà Eufrasia... et voilà Clara... qu'est-ce que vous en dites?

— Comment ça : qu'est-ce que j'en dis?

— Vous pouvez chercher partout, vous n'en trouverez pas de plus jolies, de plus intelligentes et de plus vertueuses! Tout le portrait de leur père...

— J'en suis persuadé, mais je ne suis pas ici pour les apprécier sous cet angle-là!

Tout en s'efforçant de parler avec le plus de secheresse possible, Cecotti ne pouvait se défendre d'un sentiment quelque peu trouble en face de ces deux mignonnes enfants. Brunes toutes deux, elles semblaient bien faites et Matteo comprenait l'orgueil du papa tout en le jugeant déplacé dans les circonstances actuelles. Vraisemblablement, Eufrasia et Clara étaient jumelles mais le policier se garda de poser la question de crainte que ce ne soit une occasion nouvelle, pour le père, de réentonner un chant de gloire en l'honneur de sa progéniture. Eufrasia paraissait avoir des yeux plus clairs que ceux de Clara. C'était là la seule différence que l'inspecteur remarquait au premier abord.

— Mes petites, ce signore vient de Milan... Il désire vous interroger... je sais pas à propos de quoi... De toute façon, je reste avec vous.

Cecotti comprit que le cordonnier mentait et qu'il n'ignorait rien des motifs justifiant sa visite. Il feignit de ne pas s'en apercevoir.

— J'enquête à propos de la mort de Talamani.

— Ah! c'est vous qui menez tant de remue-ménage dans le pays?

— Et je me propose d'en mener plus encore!

— Quand on est désœuvré, on s'occupe comme on peut...

Matteo s'était juré de tout encaisser afin de ne pas céder à une irritation susceptible de lui ôter le sang-froid nécessaire pour affronter les jolies menteuses de Folignazzaro.

— Tout le monde ne saurait être cordonnier.

— C'est sûr... et puis, il faut des capacités...

— Parfaitement. Et maintenant que vous m'avez laissé entendre que vous me preniez pour un paresseux et un incapable, voulez-vous me laisser exercer mon métier, signor Bertolini?

Le cordonnier haussa les épaules et pour bien montrer qu'il se désintéressait complètement de la question, il retourna à ses souliers en sifflant « Asnata-Lucia ».

— Ah! non! je vous en prie! taisez-vous!

— Oh! là!... doucement!... J'ai pas d'ordre à recevoir de vous, eh?

— Souhaitez-vous que je vous démontre le contraire?

— En tout cas, dépêchez-vous, mes filles ont du travail... Elles sont pas dans la police, elles!

Cecotti décida de ne plus s'occuper du bonhomme cherchant des histoires et de ne s'intéresser qu'aux filles.

— Signorine, quelle est celle de vous deux qui fréquentait Eusebio Talamani?

D'une même voix, elles répondirent :

— Moi.

Le cordonnier sauta brutalement dans ce prologue difficile :

— Attention, eh?... Vous êtes en train d'insulter mes filles et ça, je le supporterai pas, tout inspecteur que vous soyez!

— Vous, foutez-moi la paix!

Sous la violence de la réplique, Bertolini recula mais Matteo crut saisir l'ombre d'un sourire sous sa moustache, et il devina qu'il tombait dans le piège tendu par ces trois-là qui ne valaient pas mieux que tous les autres rencontrés jusqu'ici.

— Eufrasia et vous Clara...

De loin, le cordonnier lança :

— Je vous trouve bien familier avec mes filles, le policier!

— ... je répète ma question : quelle est celle qui sortait avec Talamani?

Et, une fois encore, elles répliquèrent ensemble :

— Moi.

Ensuite, elles se dévisagèrent mutuellement et Eufrasia attaqua :

— Pourquoi mens-tu, Clara?

— C'est toi qui mens, Eufrasia. Pour quelles raisons?

— Eusebio m'aimait... Il m'a juré qu'il se laissait fiancer à Agnese pour ne pas fâcher Maître Agostini mais qu'il ne l'épouserait jamais!

— Evidemment, puisque nous devions nous marier tous les deux!

— C'est pas vrai. C'est moi qu'il voulait pour femme!

— Toi? laisse-moi rire!

— Un jour je lui ai parlé de toi et il m'a avoué qu'il te jugeait sans intérêt!

— Il cachait son jeu. Il tenait à ce que nos amours restent secrètes!

— Tellement secrètes qu'elles existaient que dans ton imagination!

— Menteuse! la preuve c'est que lorsqu'on a su sa mort, j'ai dû me coucher!

— Tu t'es couchée parce que tu avais trop mangé de frangipane!

— Jalouse!

— Envieuse!

Elles étaient comme deux chattes, feulant, miaulant, prêtes à se sauter dessus, toutes griffes dehors.

Bertolini les montra à Cecotti.

— Voilà votre travail!

Indubitablement, elles jouaient la comédie. Leur querelle manquait de conviction et le sourire du père démentait la véracité des reproches. Si l'inspecteur n'avait eu déjà affaire aux filles de Folignazzaro, il s'y serait peut-être laissé prendre mais Teresa et Sabina s'affirmaient des guides qu'il n'était pas près d'oublier au cas où il risquerait d'oublier sa misogynie latente. Il les laissa se donner bien du mal avant d'ordonner :

— Assez!

Elles se turent, apparemment domptées, mais, Matteo savait qu'il n'en était rien.

— Signorine, ne pensez surtout pas que je sois dupe de votre petite et mauvaise comédie.

Le policier admira l'innocente stupeur semblant les paralyser en entendant pareille remarque. Des comédiennes-nées ces filles de Folignazzaro!

— Avant de vous laisser continuer votre numéro, je tiens à vous prévenir qu'il m'a été rapporté que l'une de vous se trouvait avec Eusebio peu de temps avant sa mort, peut-être même au moment où il rencontrait celui qui devait le tuer. Dès lors, celle-ci devient témoin. Elle ne peut s'éviter de dire la vérité sous peine des plus graves sanctions. Vous m'avez bien compris? Maintenant, je vous repose la question : d'Eufrasia ou de Clara, qui accompagnait Eusebio Talamani le soir de sa mort?

Insolentes, elles répondirent d'une même voix :

— Moi!

Matteo crispa les poings. Il se doutait que derrière lui, Bartolini clignait de l'œil à ses filles. Il s'apprêtait à se retourner pour passer sa colère sur le cordonnier lorsque celui-ci se mêla à l'entretien :

— Prenez garde, mes petites... Vous avez entendu le signor inspecteur? C'est très grave! Cet Eusebio ne valait pas grand'chose, mais, tout de même... Vous devez obéir!

Le policier changea sa question.

— Laquelle ment?

Et se désignant mutuellement, elles déclarèrent avec une égale conviction :

— Elle!

— D'accord... Faites vos paquets, je vous emmène.

Bartolini protesta :

— Vous les emmenez... vous les emmenez! une minute! et où ça, vous les emmenez?

— En prison.

— Ça, par exemple!... Attendez, vous les brusquez trop... vous avez pas la manière... Elles sont sensibles ces gosses... Laissez-moi leur causer...

Et sans attendre, il s'adressa à ses héritières :

— Vous deux, ça suffit comme ça! Si je comprends bien, il y en a une au moins qui fréquentait ce Talamani et sans ma permission! Celle-là, je vais lui flanquer une raclée qu'elle s'en souviendra toute sa vie! laquelle? ou je cogne sur les deux jusqu'à ce que je sache la vérité!

Il y eut un court silence pendant lequel Eufrasia et Clara se regardèrent dans les yeux et finalement Eufrasia convint :

— C'est moi...

Le cordonnier, triomphant, interpella Cecotti :

— Vous voyez, signore? pourquoi prétendais-tu qu'il s'agissait de toi, Clara?

— Pour protéger Eufrasia...

Le cordonnier quêta l'approbation de leur visiteur.

— Elle a bon cœur, eh? C'est moi tout craché! Quand j'avais son âge, je recevais des rossées pour les autres... L'hérédité, c'est quelque chose... Maintenant, toi, Eufrasia, il faudrait t'expliquer un peu! qu'est-ce que tu fricotais avec cet individu?

— J'ai menti, papa.

— Tu as menti?

— Pour embêter Clara.

Le père prit Matteo à témoin :

— Ça, c'est sa pauvre mère... La pauvre chère femme elle était heureuse que lorsqu'elle réussissait à flanquer les autres dans le pétrin... N'aie pas peur, Eufrasia... dis-nous la vérité?

Cecotti joua l'étonnement.

— Tiens, vous connaissez ce mot à Folignazzaro?

Sans prendre garde à l'interruption, Eufrasia entra, penaude, dans la voie des aveux.

— Je savais que Clara éprouvait un penchant pour Talamani... Talamani, c'était un signore... J'ai été jalouse, alors je lui ai laissé croire que nous nous voyions en secret... et c'est elle qui a été jalouse. Mais, Talamani, il pensait qu'à son Agnese et Clara le savait. Le jour des fiançailles d'Agnese, elle s'est moquée de moi. Pour me défendre, j'ai inventé une histoire... Je lui ai raconté qu'Eusebio jouait la comédie avec la fille du notaire mais que son vrai amour, c'était moi... Elle a pas voulu me croire et je lui ai juré que j'avais rendez-vous avec le fiancé le même soir, ce qui prouvait bien qu'il s'en fichait pas mal d'Agnese... J'ai attendu qu'il passe près de chez nous et je suis descendue pour le rejoindre...

— Et je t'ai vue le rejoindre!

A la mine de Bartolini devant cette révélation, Cecotti se demanda si finalement on n'approchait pas du but et si la fameuse vérité n'allait pas jaillir à l'improviste. Il s'enquit :

— Mesurez bien vos paroles, Clara... Vous êtes certaine d'avoir vu votre sœur aborder Eusebio Talamani?

— Oui... Même que j'ai été étonnée qu'ils s'embrassent pas!

Le cordonnier hurla :

— Il aurait plus manqué que ça! Je lui cassais les reins, aussi sec!

Sous ses apparences farfelues, Bertolini se révélerait-il assez jaloux de son autorité paternelle pour frapper l'homme qui courtiserait une de ses filles à son insu? Mais dans ce cas, pourquoi la mort de Gelsomina? Car pour Cecotti l'assassinat de la postière demeurait lié — sans qu'il devinât comment — au meurtre de Talamani.

— Vous avez entendu, Eufrasia, ce qu'a dit votre sœur?

— Elle s'est trompée.

Clara hocha la tête pour bien montrer qu'elle était sûre de son fait.

— Elle vous connaît bien, comment se serait-elle trompée?

— Clara se tenait à la fenêtre de notre chambre... Quand je me suis trouvée dehors, le courage m'a manqué. Je m'apprêtais à remonter avouer ma supercherie à ma sœur quand j'ai aperçu une autre personne qui arrêtait Talamani...

— Un homme ou une femme?

— Une femme... Alors, je les ai laissés s'éloigner... Je me suis glissée dans le jardin et j'ai attendu une demi-heure. Au bout de ce temps, je suis rentrée et j'ai raconté tout une histoire sur ma promenade avec le clerc de notaire... Clara m'a d'autant mieux cru qu'elle pensait m'avoir vue avec Talamani.

Le cordonnier soupira :

— J'aime mieux ça!

— Moi aussi!

Et Clara embrassa sa sœur qui lui rendit son baiser. Attendri, Bartolini tapa sur l'épaule du policier :

— Et vous prétendez que ce sont pas des bonnes petites?

Cecotti ne se sentait pas d'humeur à s'émouvoir devant ces effusions qu'il interrompit :

— Eufrasia... vous avez reconnu la personne avec qui Talamani s'en est allé?

Très ennuyée, elle regarda son père, sa sœur, comme si elle sollicitait une permission.

— Oui ou non?

Son oui, il fallut plutôt le deviner.

— Qui?

— Adelina.

— Quelle Adelina?

— Adelina Gamba, la fille du forgeron.

Ça recommençait! L'inspecteur en aurait hurlé! Devrait-il interroger toute la gent féminine de Folignazzaro? Tout ceci puait la supercherie, la machination à plein nez, mais il ne pouvait négliger une piste, même si d'entrée, il la soupçonnait fausse! Il aurait juré que jamais encore dans toute l'histoire de la police criminelle de Milan, un policier ne s'était trouvé dans une pareille situation, ballotté au gré des humeurs de signorine cyniques qui se le renvoyaient de l'une à l'autre. Teresa, Sabina, Eurasia, Clara devenaient pour lui les figures de cauchemar d'une ronde infernale à laquelle s'agglutinaient sans cesse de nouvelles unités.

Se rendant chez le forgeron Gamba, Cecotti repassait dans sa mémoire toutes ses mésaventures depuis son arrivée à Folignazzaro. Une histoire très simple que quelqu'un compliquait à loisir, mais qui? Pour lui, un point demeurait acquis : Amedeo avait rencontré Eusebio et les deux hommes s'étaient battus devant le notaire. Que s'était-il passé durant l'absence de don Isidoro parti chercher une arme? Amedeo ayant eu le dessous, avait-il perdu la tête? Quoi qu'il en soit, sortant son couteau il avait frappé et juste. Sitôt la nouvelle connue, par animosité envers la victime et le notaire qu'on n'aimait guère, tout Folignazzaro s'était ligué pour tenter de sauver Rossatti, à commencer par Timoleone Rizzotto. Mais de qui venait l'idée de manigancer cet embrouillamini avec les filles? Qui possédait assez d'autorité sur elles toutes pour se faire écouter, obéir? Un instant, Matteo songea au padre Adalberto mais il repoussa l'hypothèse : un prêtre ne protège pas un assassin. Et puis, en admettant qu'on ne plaignit pas Eusebio Talamani, il y avait Gelsomina que tout un chacun respectait. En continuant à défendre Amedeo, Folignazzaro entendait-il dire sa conviction que le meurtre de la vieille fille était à mettre au compte de quelqu'un d'autre? En somme, le policier devait reconnaître qu'il ne se trouvait pas plus avancé qu'au moment où, pour la première fois, il entrait dans le bureau du maréchal.

Si Cecotti ne témoignait pas d'une intelligence brillante, il se révélait d'un entêtement prodigieux. Il ne nourrissait aucune illusion sur sa situation présente. Derrière chaque fenêtre, quelqu'un ou quelqu'une à la mine narquoise le regardait passer et il aurait parié que tout le monde savait où il se rendait. Mais là où tous ces hommes, toutes ces femmes commettaient une erreur c'est quand ils s'imaginaient qu'ils l'obligeraient à lâcher prise. En dépit du commissaire Rampazzo, le policier resterait à Folignazzaro le temps qu'il faudrait mais il confondrait le meurtrier de Talamani et de Gelsomina et, de surcroît, démasquerait le meneur de jeu. Fort de cette certitude, il se préparait à écouter les mensonges d'Adelina Gamba et se demandait, presque avec amusement, chez qui elle l'expédierait. De toute façon, il irait, puis chez une autre et une autre encore! Les filles n'étaient quand même pas en nombre illimité! et toute la nuit, que cela plaise ou non, il frapperait aux portes des maisons pour parler à une Lydia, une Antonietta, une Mara ou une Josefina jusqu'à ce qu'il parvienne à la dernière et à ce moment-là...

Le forgeron habitait du côté est, en direction du Tessin. Au fur et à mesure qu'il avançait, Matteo Cecotti sentait sa hargne se calmer pour céder la place à une sorte d'attendrissement amusé. C'est vrai qu'elles étaient jolies ces coquines qui le moquaient avec tant de cynique ingénuité. Sabina surtout... malheureusement fiancée à ce grand maçon qui maniait si facilement sa lourde masse à casser les pierres. Dommage... Pourquoi, dommage? En voilà des idées! L'inspecteur se gourmandait pour cet instant de faiblesse. Un homme comme lui n'irait quand même pas s'amouracher d'une rustaude sous prétexte qu'elle était belle fille, non? Le mariage convenait aux autres, aux sots. Lui, il tenait à sa liberté, à sa tranquillité et pour cela il fallait qu'il quitte Folignazzaro au plus tôt, avec le meurtrier. Malgré ce coup de semonce qu'il s'infligeait, Matteo, sans y prendre garde, arriva à la forge de Gamba, en sifflotant « Tu sei romantica... »

Il semblait n'y avoir personne. Matteo appela :

— He?... Ho?... Quelqu'un?

Nul ne répondit. Il entra dans la forge désertée, examina l'enclume, le marteau. Cela lui rappelait de lointaines vacances au village de sa grand'mère.

— Vous désirez quelque chose, signor inspecteur?

Celle qui l'interpellait, debout dans le soleil l'auréolant de lumière, ressemblait à une apparition dans un conte de fées. Cecotti se porta à sa rencontre car, l'apercevant à contre-jour, il lui tardait de découvrir son visage. Près d'elle, sans trop savoir pourquoi, il fut heureux de constater qu'elle s'affirmait sûrement la plus belle de toutes les filles de Folignazzaro rencontrées jusqu'ici. Elle souriait.

— Mon père et mon frère se sont rendus à Domodossola. Je suis seule. Mais, c'est moi, n'est-ce pas, à qui vous voulez parler, signor inspecteur? Je m'appelle Adelina...

— Oui, c'est à vous... Comment savez-vous que je suis inspecteur de police?

— Parce que je vous connais... Votre nom est Cecotti... Matteo... Matteo Cecotti.

Jamais Matteo n'avait entendu prononcer son nom de cette façon-là. Une sorte de roucoulement atténuant l'accent tonique et qui suggérait une sorte de mélopée amoureuse.

— C'est un très joli prénom Matteo...

L'inspecteur commençait à être quelque peu gêné.

— Depuis que vous êtes arrivé à Folignazzaro, je vous surveille...

— Vous me surveillez? Pourquoi?

— Parce que vous me plaisez... Voulez-vous que nous nous promenions au jardin? On sera mieux pour causer que dans la cuisine...

Il obéit et la suivit tout en se rendant compte qu'elle avait pris la direction des opérations mais il était décontenancé par son aveu sans fard. Devant le carré des choux, elle dit avec un charmant sourire :

— J'espère que je ne vous ai pas choqué, signore? Chez nous, les filles ont beaucoup plus d'audace qu'en ville, parce qu'elles ne peuvent pas laisser passer l'occasion, les épouseurs sont rares.

Un frisson courut le long de la colonne vertébrale de Matteo.

— Parce que vous pensez que je...

— Non, non, signor inspecteur! bien sûr que non... Vous, vous êtes un peu comme un prince charmant qui passe et qui éblouit les bergères... Elles n'ignorent pas qu'il ne s'arrêtera pas, mais rien ne les empêche de rêver qu'il s'est arrêté, n'est-ce pas? Ou alors, on n'aurait pas le courage...

Il n'était encore venu à l'esprit de personne de comparer Matteo Cecotti à un prince charmant! Flatté, troublé, le policier ne distinguait pas exactement quelle attitude il lui convenait de prendre. Toutes ces préventions contre les femmes semblaient emportées par le sourire d'Adelina. Lorsqu'il ne les interrogeait pas au sujet d'un forfait quelconque, Matteo ne trouvait pas ce qu'on devait dire aux personnes du sexe faible. Il leva les yeux au ciel comme pour y chercher l'inspiration et le ciel, qui lui voulait du bien, s'arrangea pour faire passer un nuage dont la découpure affectait une ressemblance suffisante avec le profil du commissaire Rampazzo pour que l'inspecteur, en train de s'égarer sur les chemins du tendre, soit ramené sur la route du devoir et y récupérât son sens critique. Et si cette fille, tout comme les autres, se moquait de lui? Sa gentillesse, ses déclarations voilées ne relevaient-elles pas d'une tactique soigneusement mise au point? Elles auraient donc tout essayé, ces maudites filles de Folignazzaro! Incontinent, il se mit à haïr celle qui marchait à son côté, ou mieux il s'efforça de la haïr mais cela se révélait fort difficile car il lui suffisait de la regarder pour que son cœur battît la chamade. Néanmoins, il se cramponna à sa mission et d'une voix sévère, demanda :

— Pourquoi êtes-vous allée vous promener avec Talamani le soir de sa mort?

Elle eut un rire discret.

— On vous a raconté?...

— On m'a raconté!

— Et c'est pour connaître la réponse à cette question que vous êtes ici?

— Pour quelle autre raison voudriez-vous que j'y fusse?

Elle soupira de façon aussi mélancolique qu'attendrissante :

— Bien sûr...

— Vous aimiez ce Talamani?

— Moi? En voilà une idée!

— Ce n'est pas une idée mais une question!

— Je le connaissais à peine!

— Suffisamment cependant pour sortir en cachette avec lui?

— C'était la première fois... Je ne tenais pas à ce qu'on soit au courant chez moi. Je m'ennuie à Folignazzaro, signore, et j'espérais que Talamani, Milanais, pourrait me donner quelques conseils sur ce que je serais susceptible de faire pour gagner ma vie si je décidais de partir un jour à Milan. J'ai tellement envie de vivre à la ville...

— Admettons. Vous n'avez rencontré personne?

— Personne.

— Vous êtes restés longtemps ensemble?

— Une demi-heure peut-être?

— Où vous êtes-vous séparés?

— Près de l'église.

— Vous êtes donc forcément passée devant le café de Cortivo. Il y avait encore beaucoup de monde?

— Il était fermé.

La tactique se révélait habile. Talamani mort ne pouvait confirmer ou démentir le témoignage d'Adelina. Elle, contrairement à ses camarades, ne dénonçait, ne soupçonnait personne. Beaucoup plus efficacement, elle tentait de détruire le témoignage du notaire, qui, désormais, ne possédait aucun moyen de démontrer qu'il avait réellement assisté à la bagarre entre Eusebio et Amedeo. En tout et pour tout, il restait que le clerc avait été rossé avant d'être poignardé mais par qui? On en revenait toujours au point de départ et Cecotti était assez rompu au métier pour comprendre qu'arrêter Rossatti sur la seule accusation du notaire — et encore très incomplète, puisque Maître Agostini se défendait de le dénoncer comme le meurtrier de Talamani — s'affirmait une imprudence que n'importe quel avocat démontrerait facilement. Ces remarques n'enlevaient rien à la certitude de Matteo touchant la culpabilité d'Amedeo, mais force lui était de s'avouer que la tactique des filles de Folignazzaro le réduisait à l'impuissance. Rageur, le policier décréta :

— Naturellement, vous mentez?

Elle lui adresse un sourire radieux :

— Vous croyez?

— Je ne le crois pas, j'en suis certain.

Son rire perlé exaspéra le policier qui, la prenant aux épaules, la secoua d'assez brutale manière.

— Vous pensez que je suis dupe de vos ruses, hein? Une menteuse! vous entendez, une menteuse? et la plus lâche qui soit! les autres se sont contentées de tenter de m'envoyer sur de fausses pistes, mais vous, parce que vous savez que vous êtes jolie, qu'on a envie de vous embrasser, de vous tenir dans les bras...

— Mais vous me tenez dans vos bras, signore...

Il la lâcha vivevement et resta planté là, indécis. Elle en profita pour lui assurer :

— Tout cela n'empêche pas que vous m'êtes très sympathique, signore, et que Matteo est un prénom qui me plait beaucoup.

Il fila sans lui répondre car il ne trouvait rien à lui répondre.

Timoleone Rizzotto bien qu'il fût, secrètement, du parti d'Amedeo et de ses défenseurs ne pouvait manquer d'être ému par le désarroi du policier milanais. Depuis son retour, Cecotti, assis dans un coin, paraissait plongé dans une rêverie sans fin que le maréchal n'osait interrompre.

— Maréchal... elles sont toutes comme ça, à Folignazzaro?

Rizzotto qui ne s'attendait pas à la question, sursauta.

— Pardon?

— Les filles de Folignazzaro sont-elles toutes comme celles que j'ai rencontrées?

— Je le crois...

— C'est terrible...

— Oh! vous savez, signore, on s'y fait!

— Votre femme était d'ici, maréchal?

— Oui.

— Et vous l'avez épousée quand même? Vous étiez courageux...

— Imprudent aussi.

— Maréchal... excusez ma curiosité... cela a duré longtemps?

— Près de trente ans.

— Et... ça été... très pénible?

— Très.

— En somme, fort de votre expérience, vous déconseilleriez le mariage à tout homme intelligent?

— Ça dépend avec qui.

— En tout cas, pas avec une fille de Folignazzaro?

Matteo ne put connaître la réponse de Timoleone car la porte du bureau livrait passage à une sorte de gorille emportant le carabinier Busanela accroché à ses basques. Timoleone hurla :

— Qu'est-ce que ça signifie? Que viens-tu foutre ici, Cristoforo Gamba? Qui t'a permis d'entrer? Busanela, flanque-le dehors!

Ordre ridicule, le pauvre Ilario tentant visiblement, et en pure perte, des efforts méritoires pour ralentir la marche du colosse qui s'approcha de Cecotti pour lui crier en pleine figure :

— C'est vous le policier de Milan?

Outré de ce manque de respect, Matteo entendit le prendre de haut :

— Et vous, qui êtes-vous?

Au même instant, son vis-à-vis l'ayant empoigné par les revers de sa veste, il se sentit enlevé de sa chaise et maintenu à la force des poignets à dix centimètres au-dessus du sol, tandis qu'il agitait vainement les jambes, conscient de sa position ridicule. Horrifié, le maréchal fulmina :

— Pour ça, Cristoforo, tu connaîtras la prison!

— M'en fous! l'honneur de ma sœur avant tout!

Cette réponse inattendue, coupa l'indignation de Rizzotto. Il savait la susceptibilité de ses compatriotes sur certains points et il se mit à redouter le pire. Cristoforo, reposant Cecotti à terre, le secouait comme un prunier :

— Qu'est-ce que vous lui avez fait à Adelina, eh? Qu'est-ce que vous lui avez fait?

— Moi? mais... mais rien du tout!

— Alors, pourquoi je l'ai trouvée en larmes dans le jardin, eh?

— Comment voulez-vous que je le sache?

— Et si je vous étranglais, la mémoire vous reviendrait pas des fois?

Le maréchal, dans l'impossibilité d'utiliser la force, essaya du raisonnement pour calmer le forcené.

— Réfléchis un peu, Cristoforo, si tu l'étrangles, il ne se souviendra plus jamais de rien, voyons!

Mais le frère d'Adelina se souciait du maréchal comme d'une guigne.

— Elle m'a juré que vous l'aviez prise dans vos bras!

— C'est vrai, mais...

— Il avoue! vous avez entendu, maréchal? Il avoue! Allez! hop! je me l'étrangle!

C'est alors que Busanela, disparu sans que personne n'ait songé à se soucier de lui, revint avec une bouteille — heureusement vide — qu'il cassa avec un han! de bûcheron sur le crâne de Cristoforo qui s'écroula assommé. Aussitôt, Ilario en profita pour lui passer une solide paire de menottes avant de se redresser fièrement, attendant des félicitations qui ne tardèrent point.

— Excellente initiative, Ilario. Reste près de lui, et s'il essaie de se relever... tu connais la méthode. Quant à vous, signor inspecteur, permettez-moi de regretter votre imprudence!

Cecotti qui, tout en remettant de l'ordre dans sa toilette, tremblait d'humiliation, hurla :

— Imprudence?

— Faire la cour à Adelina Gamba, c'est de la folie!

— Mais, je vous donne ma parole...

— Je n'ignore pas, signore, qu'elle est sûrement la plus jolie fille de Folignazzaro, mais je sais aussi qu'elle a un père et un frère qui sont deux parfaites brutes toujours prêtes à assommer le premier qui regarde Adelina d'une manière qui ne leur plaît pas!

— Je vous répète, maréchal, que je n'ai eu aucun geste déplacé à l'égard de cette fille!

— D'accord, signor inspecteur, d'accord... Sans doute la teniez-vous dans vos bras pour l'obliger à vous regarder en face pendant que vous l'interrogiez? Notez qu'ici, nous ne sommes pas habitués à ces méthodes milanaises et c'est pourquoi...

— Maréchal, je vous jure que... oh! et puis, à quoi bon?

Ils se turent tous deux un instant avant que Rizzotto ne reprît d'un ton fraternel :

— C'est pour ça que vous me demandiez ce que je pensais du mariage, eh? Elle vous plaît à ce point-là, Adelina?

Le rugissement que poussa Cristoforo, enchaîné et qui reprenait conscience, dispensa Cecotti de répondre. Le maréchal s'occupa de son prisonnier :

— Cristoforo, je t'estimais et... tu m'as déçu!

— Enlevez-moi ces menottes! je suis pas un criminel!

— Est-ce que tu te rends compte, imbécile, que tu as porté la main sur un inspecteur de la police criminelle?

— Et alors? Il a bien porté la main sur ma sœur, lui!

— Tu es sûr que tu n'exagères pas un peu?

— Quand je suis rentré à la maison, Adelina pleurait toutes les larmes de son corps... Elle a un sentiment pour cet individu... un policier! à vous dégoûter d'avoir des sœurs!

— Cristoforo, attention à ce que tu dis et n'oublie pas que tu t'adresses à un maréchal de carabiniers et que les carabiniers appartiennent aussi à la police!

— Oui mais vous, vous êtes un brave homme... Adelina nous a raconté que ce type l'a prise dans ses bras... elle a cru qu'il allait la demander en mariage mais sitôt qu'il a eu ce qu'il voulait, il a foutu le camp en la laissant là. Même que le père est parti chercher son fusil... C'est pour ça que je suis venu le premier afin d'éviter un massacre!

Cecotti protesta :

— Je ne l'ai pas touchée, votre sœur! enfin, pas dans le sens que vous vous imaginez! Je désirais des renseignements et c'est une foutue menteuse votre Adelina!

Cristoforo prit le maréchal à témoin :

— Vous entendez? Il l'insulte à présent. Et maintenant, qui voudra d'Adelina après que ce flic l'a déshonorée? Si c'est pas moi ça sera le père, mais il faut qu'on le tue ce type pour rendre l'honneur aux Gamba!

Rizzotto détestait ce genre de menaces.

— Vous allez me faire le plaisir de rester tranquille, les Gamba, sans ça je vous colle en prison jusqu'à ce qu'Adelina soit mariée ou entrée au couvent!

On entendait les cris jusqu'au milieu de Folignazzaro. Le notaire qui passait par là pour sa promenade apéritive, entra, intrigué, chez les carabiniers. Le spectacle de Cristoforo enchaîné lui donna sans doute à penser qu'il se trouvait en présence du meurtrier de Talamani.

— Ainsi, il s'agissait de lui?

Rizzotto aurait bien envoyé paître ce fâcheux mais il n'osa pas.

— Lui... quoi?

— L'assassin d'Eusebio?

Cristoforo tendit ses muscles pour tenter de casser la chaîne lui emprisonnant les poignets tout en jurant qu'il mettrait le notaire dans un état tel qu'il faudrait plusieurs caisses pour en emporter les restes. Maître Agostini prit très mal ces promesses et demanda au maréchal de bien noter les paroles de Cristoforo car il lui en demanderait réparation devant les tribunaux. Puis, mis au courant des raisons de ce tumulte, il donna raison à Cecotti, jurant qu'Adelina mentait sûrement et qu'elle ne valait pas mieux que son frère et son père. Le carabinier Busanela dut s'asseoir sur le ventre du fils du forgeron pour l'empêcher de se relever. Et tout d'un coup sans qu'on eut prêté attention à son approche, le petit Teofrasto, l'enfant de chœur, fut au milieu de tous ces hommes agités de colères aux causes multiples.

Quand il aperçut le gosse, Timoleone fonça sur lui.

— Qu'est-ce que tu fiches ici, toi?

— C'est le médecin qui m'envoie.

— Pourquoi?
— A cause du padre.
— Du padre? Qu'est-ce qu'il a?
— Il est mort.
— Qu'est-ce que tu dis?
— Le médecin l'a ramassé sur la route et il l'a emporté à la cure. Dona Serafina s'arrête pas de crier.
— Mais de quoi est-il mort?
— On y a fait péter le crâne comme à Gelsomina!

CHAPITRE VII

On avait bien essayé — comme l'assurait Teofrasto — de fendre le crâne de don Adalberto, mais un crâne de montagnard c'est solide et, en arrivant au domicile du prêtre, le maréchal, Maître Agostini et l'inspecteur Cecotti apprirent avec soulagement de la bouche du docteur Fortunato Borgato que le prêtre n'était qu'assommé, le coup ayant été porté d'une main vraisemblablement beaucoup moins assurée que sur Gelsomina. Cynique, don Fortunato estimait, qu'à son avis, la tentative de meurtre venait de quelqu'un n'ayant pas le cœur à l'ouvrage. Il interdit aux visiteurs de troubler son malade pour le moment et exigea qu'on le laisse reposer en paix. Dona Serafina continuait de gémir inlassablement et le maréchal, énervé, lui intima l'ordre de se taire puisque son maître paraissait hors de danger. A quoi la bonne femme répliqua qu'il aurait pu mourir et que c'est à cause de cette éventualité qu'elle avait commencé de pleurer et qu'elle ne pouvait s'arrêter sur commande.

Quand ils furent de retour chez les carabiniers, Cecotti commença par libérer Rossatti. Pour le policier, la tentative de meurtre sur don Adalberto se liait forcément à la mort violente de Gelsomina. Et de ces deux crimes, Amedeo était innocent. Or, il apparaissait difficile de croire qu'au même moment deux assassins aient apparu à Folignazzaro. On n'avait pas tenté de tuer le padre pour le dépouiller, chacun connaissant sa pauvreté. Dès lors, le vol au bureau de poste se révélait peut-être une ruse destinée à tromper la police. Dans ce cas, les agressions commises contre la postière et le curé se rattachaient à la mort d'Eusebio Talamani. Comment? Pourquoi? Matteo l'ignorait, mais il devinait que la vérité se nichait là et que Rossatti avait été choisi d'abord en qualité de bouc émissaire. Les attentats contre Gelsomina et contre don Adalberto, perpétrés alors que tout le monde savait Amedeo enfermé, avaient donc été imposés au meurtrier. Mais là encore, on se heurtait à un pourquoi sans réponse.

Le malheur arrivé au padre fit passer au second plan les fantaisistes fureurs de Cristoforo que l'on détacha, après lui avoir ordonné de rentrer chez lui et de ne plus se montrer dans le pays jusqu'au départ de Cecotti s'il ne voulait pas risquer de très gros ennuis. Le colosse se résigna à partir, non sans proférer des menaces contre ceux ayant attenté à l'honneur d'Adelina.

Au notaire et au maréchal, l'inspecteur expliquait :

— De l'avis unanime, Gelsomina ne possédait pas plus de quelques milliers de lires dans son bureau... Seul un vagabond tuerait pour cette somme dérisoire. Or, un vagabond dans la région, on nous l'aurait signalé. Si donc le vol n'est qu'une mise en scène, pour quels motifs s'est-on débarrassé d'elle? C'est pour la même raison inconnue qu'on a essayé d'éliminer le padre...

Rizzotto apporta son eau au moulin.

— Et Gelsomina, elle se serait jetée au feu pour don Adalberto!

— J'en déduis que tous deux avaient appris quelque chose susceptible d'identifier le meurtrier... ou du moins, c'est ce que le meurtrier a pensé.

Le notaire ne parut pas d'accord :

— Signor Cecotti, si vraiment don Adalberto connaissait le nom du meurtrier, pourquoi serait-il allé à Milan?

— Je l'ignore. Peut-être pour y chercher des preuves?

— Des preuves de quoi?

— C'est bien là la question...

Après que maître Agostini les eût quittés pour rejoindre son étude, l'inspecteur et le maréchal demeurèrent en tête à tête, envisageant toutes le hypothèses dont aucune ne leur donna satisfaction. On laissa Amedeo retourner chez sa mère pour la rassurer, mais à condition de revenir aussitôt, car il ne fallait quand même pas perdre de vue qu'un brigadier de carabiniers était payé pour faire autre chose que de passer son temps en prison ou dans le giron maternel. Rossatti jura qu'il irait tellement vite qu'il serait de retour avant même qu'on ait constaté son départ. Ils ne furent pas dupes mais feignirent de le croire car il méritait bien une petite compensation.

Cecotti et Rizzotto avaient passé en revue la liste de tous les habitants de Folignazzaro pour tenter de deviner lequel ou laquelle d'entre eux haïssait suffisamment Eusebio Talamani au point de profiter de ce qu'il était hors d'état de se défendre pour lui plonger un couteau dans le cœur. Timoleone qui connaissait son monde sur le bout du doigt, n'en voyait aucun car les plus violents n'avaient pas de motif pour désirer la mort du clerc. Pour bien montrer l'impossibilité matérielle de l'affaire, le maréchal s'écria :

— Pas un, pas une! Vous entendez, signor inspecteur? Ou alors tous! A commencer par don Cesare et encore lui, il aurait l'excuse d'être un peu piqué!

— Merci, Timoleone!

Sur le seuil du bureau, le maire ricanait. Plus tard, Rizzotto jura que s'il n'était pas tombé d'un coup de sang à ce moment-là c'est qu'il s'avérait rebelle à l'apoplexie.

— Un maréchal de carabiniers qui traîte le maire du pays de dingo, c'est parfait. Et devant un étranger par-dessus le marché! Et si j'exigeais ton changement, gros benêt?

— Ecoutez, don Cesare...

— Ah! non! j'ai assez écouté et entendu... Je pensais pouvoir compter sur ton amitié, Timoleone...

— Ma qué! don Cesare, je vous aime bien!

— Tu m'aimes bien, mais tu m'enfermerais volontiers dans un asile, eh?

— Moi. Oh! don Cesare, comment pouvez-vous dire une abomination pareille?

— Pardon! c'est toi qui l'as dite, en expliquant à ce Milanais que j'étais fou! Et à propos, je viens de rencontrer Amedeo... Vous l'avez relâché ou il s'est sauvé?

Cecotti prit la relève de Rizzotto qui dut se glisser dans sa cuisine afin d'y boire un verre de Grumello, seul vulnéraire susceptible de lui rendre ses esprits.

— Je l'ai relâché.

— En somme vous ne savez pas trop ce que vous voulez, eh?

— Arrêter le meurtrier.

— Et ce n'est pas lui?

— Je ne crois pas.

— Tant mieux... Sympathique, ce petit... C'eût été dommage qu'il finisse en prison. Vous êtes au courant pour don Adalberto?

— Oui. Nous attendons qu'il aille mieux pour lui demander ce qui lui est arrivé.

Don Cesare ricana.

— Se coucher pour un coup sur la tête! De mon temps, on n'y aurait pas seulement prêté attention! Ma qué! ces jeunes n'ont plus la résistance de leurs aînés.

Cecotti mit un certain temps à réaliser que pour le maire, don Adalberto appartenait à cette jeunesse que le vieillard méprisait.

Sortant de sa cuisine, le maréchal réintégrait le bureau juste comme Eloisa y pénétrait bruyamment, selon son habitude.

— Timoleone, tu es noble et généreux. Ce soir, vois-tu, je regrette de t'avoir pas épousé quand tu m'en as suppliée!

— Eloisa, je te jure que tu confonds...

— Allons, allons don Cesare nous connaît depuis toujours, c'est pas la peine de mentir devant lui! Tu m'as rendu mon fils, sois béni entre tous les carabiniers!

— C'est le signor inspecteur que tu dois remercier.

La signora Rossatti débordait d'une telle allégresse qu'elle en avait pour tout le monde. Se jetant sur Matteo assis, elle l'embrassa fougueusement sur les deux joues avant que le policier ait pu esquisser le moindre geste de défense, et très noblement elle s'écria :

— C'est le baiser d'une mère reconnaissante!

Don Cesare fit entendre son rire de chèvre.

— Cette Eloisa a toujours été un numéro... A propos, ma fille, il faudra te dépêcher pour la noce si tu désires que j'y assiste.

— Quelle noce?

— Ma qué! ton mariage avec Timoleone?

Le maréchal réussit à pâlir et à balbutier :

— Mais don... don Ce... Cesare, il n'a... n'a jamais été ques... question de ça!

— Comment? Ma qué! chaque fois que j'entre dans ce bureau, je vous y surprends en train de vous faire des mamours! Timoleone, serais-tu un homme sans principe?

Rizzotto se sentait glisser sur une pente fatale sans avoir la force de se retenir à quoi que ce soit.

— Vous... vous exa... exagérez, don Ce... Cesare!

— Menteur! Ose prétendre que tu ne l'aimes pas?

— C'est pas ça, mais...

— Tu vois? D'ailleurs, tu lui as demandé sa main autrefois. Elle te rend sa réponse avec quelques dizaines d'années de retard, c'est tout. Tu es d'accord, Eloisa?

— Mon Dieu... don Cesare, Timoleone et moi sommes de vieux amis... Ce serait peut-être pas très raisonnable... et puis, j'ai un enfant et je m'en séparerai jamais!

— Tu as un enfant?

— Ma qué! Amedeo!

Grâce à Dieu, le carabinier Busanela interrompit le drame se préparant et d'où le maréchal risquait de sortir lié pour le reste de ses jours à Eloisa, en annonçant que le docteur venait de passer pour signaler que don Adalberto était en état de recevoir une brève visite.

En prenant conscience de la nudité monacale de la chambre de don Adalberto, Matteo Cecotti changea d'opinion quand à ce prêtre irascible qui l'avait si mal reçu. Près du policier, don Cesare et le maréchal contemplaient le visage émacié du padre, dont la blessure n'arrivait pas à éclaircir le teint. Brûlée par les intempéries d'un bien grand nombre de saisons, séchée par les vents de la montagne, la figure de don Adalberto, dans la blancheur du lit et du pansement lui enserrant la tête, ressemblait à celle d'un vieux saint de bois. Il fixait ses visiteurs d'un œil clair. Timoleone s'approcha et la gorge serrée par l'émotion entama un discours où il essayait d'exprimer l'angoise ressentie par tous à la nouvelle de l'attentat et le soulagement de chacun en apprenant que le pasteur de Folignazzaro en serait quitte pour plus de peur que de mal.

— Et qui te permet d'affirmer que j'ai eu peur?

Coupé net dans son élan lyrique, le bon gros Rizzotto demeura coi.

— Pourquoi aurais-je eu peur? Je m'attendais à cette agression, mais j'ignorais où elle se produirait. Le meurtrier de Talamani et de Gelsomina ne pouvait pas me permettre de revenir ici avec ce que je rapportais de Milan. C'est justement parce que je n'ai pas eu peur que j'ai pu amortir le coup que l'assassin me portait.

— Mais alors, padre, vous l'avez vu?

— Evidemment, mais je n'avais nul besoin de le voir pour savoir qui il était!

Cecotti tint à préciser tout de suite un point qui l'intriguait.

— Je vous demande pardon, don Adalberto, mais si votre disparition présentait tellement d'importance pour le criminel, comment est-il possible qu'il vous ait raté?

— Parce que c'est un amateur, signore. Il n'a pas l'expérience d'un professionnel.

Don Cesare remarqua :

— Les jeunes d'aujourd'hui se croient capables de tout entreprendre sans avoir jamais rien appris!

Le padre dédaigna la réflexion saugrenue du maire et commanda à ses visiteurs de s'approcher de lui car il ne pouvait encore parler très fort. Ils obéirent.

— Signor inspecteur, je me suis mal conduit envers vous et je vous en demande pardon, mais vous m'avez obligé à ruser. Vous vous embarquiez sur une fausse piste et j'ai tenté, tout à la fois, de vous éviter de commettre une erreur et d'ennuyer un brave garçon. Je savais qu'Amedeo n'était pas le coupable que vous recherchiez, parce que je connais trop bien ce garçon. Certes, il aime Agnese, mais pas au point de tuer pour l'empêcher d'en épouser un autre surtout. Assassiner Talamani, c'était, de sa part, accepter un emprisonnement à vie et donc perdre encore irrémédiablement Agnese.

« Mais si Rossatti se révélait innocent, où chercher le coupable? Pour le deviner, il me fallait du temps et c'est pourquoi j'ai monté cette machination avec nos filles de Folignazzaro. Elles m'écoutent parce qu'elles m'aiment comme je les aime. Je devais vous empêcher de boucler trop tôt votre enquête. J'y suis parvenu et, encore une fois, je vous prie de me pardonner une manœuvre, pas très honnête sans doute à vos yeux, mais qui tout de même, vous a sauvé d'un échec dont vos chefs vous eussent peut-être tenu rigueur.

« Talamani venait de Milan. Persuadé qu'il n'avait pu se susciter d'ennemi mortel à Folignazzaro depuis les trois années qu'il y vivait, je me suis convaincu que le motif de sa mort, c'est à Milan que je le trouverais. D'autre part, à l'époque, nous avions tous été intrigués par l'arrivée de ce citadin, abandonnant une belle et grande ville pour s'enterrer dans ce village où il ne se plaisait pas. Repensant à tout cela, j'en conclus qu'il avait fui Milan et il me semblait que si je dénichais les raisons de cette fuite, elles me mèneraient à son meurtrier.

« Mais, où m'adresser? C'est alors que le Ciel m'inspira. Je me dis qu'il y avait une chance pour que Talamani ait conservé des relations milanaises et que, par elles, j'en apprendrais plus sur son compte, surtout maintenant qu'il était mort. J'allai voir Gelsomina, la pauvre et si scrupuleuse Gelsomina qui, vivant dans la crainte latente de réclamations, notait sur un cahier toutes les lettres qu'elle envoyait et toutes celles qu'elle recevait. Elle fit bien quelques difficultés pour me montrer son cahier, mais elle m'était très dévouée et savait que j'agissais au nom de la justice. Or, contrairement à mon attente, Talamani n'écrivait jamais et ne recevait jamais de courrier. Toutefois, il effectuait mensuellement d'assez gros versements à son compte postal. Je pensai qu'il serait intéressant de connaître la source de ces revenus. Mais, un autre écrivait régulièrement à Milan. Je pris note de l'adresse — toujours la même — de ces lettres et je décidai de m'y rendre!...»

Cecotti interrompit l'exposé de don Adalberto.

— J'imagine que vous n'avez mis personne au courant de votre découverte?

— Evidemment, non.

— Alors, comment expliquez-vous la mort de Gelsomina?

— Je pense que torturée par le remords, la pauvre fille a dû aller trouver l'auteur des lettres pour lui révéler ma démarche. Mais je suis certain que, devant la colère de la personne à qui elle s'adressait, Gelsomina a dû prendre peur et n'a pas révélé avoir cédé à ma prière. De plus, ignorant mon départ, l'assassin crut à une simple alerte et décida de supprimer ce cahier qui portait sa propre condamnation. Mais, Gelsomina a probablement refusé de se dessaisir de son bien lors de la visite qu'on lui rendit et son entêtement obligea l'autre à la tuer.

« A Milan, à l'adresse repérée dans le cahier de Gelsomina, j'ai rencontré une femme et une petite fille. Sur le piano, dans la pièce où elle m'introduisit, il y avait la photographie de Talamani, son cousin.

Matteo protesta :

— Padre! vous n'allez pas nous faire croire que cette femme, se déguisant en fantôme invisible, est venue sans que nul ne la remarque à Folignazzaro pour tuer son cousin?

— Ne soyez pas si impatient, signore! Je n'ai jamais prétendu une chose pareille que je sache? Sur le piano il y avait une autre photo...

Don Adalberto regarda les visages tendus qui l'entouraient et doucement annonça :

— Celle de Maître Agostini.

Ils poussèrent tous les trois un « oh! » de stupéfaction.

— En dépit de sa situation irrégulière, cette femme avait gardé en son cœur la crainte de Dieu et je l'obligeai à avouer la vérité. Elle est la maîtresse de don Isidoro et sa fillette a notre notaire pour père. C'est à cette personne que don Isidoro écrit chaque semaine, c'est le nom du notaire que j'avais relevé — en tant qu'expéditeur — sur le cahier de Gelsomina.

L'inspecteur se souvint alors de cette femme quittant le domicile du notaire et en qui il avait cru reconnaître Eloisa. Il devait s'agir de Gelsomina.

Don Cesare ricana selon son habitude.

— J'ai toujours tenu Isidoro Agostini pour un imbécile et un prétentieux. Mais ses faiblesses ne nous expliquent pas la mort de Talamani, padre?

— Elle en est pourtant la conséquence directe. Sa cousine m'a avoué que Talamani, un bon à rien, incapable de travailler, ayant séjourné plusieurs fois en prison, se trouvait sur le pavé lorsqu'un jour étant venu quémander un peu d'argent à la jeune femme, il rencontra maître Agostini. Il sut très vite les rapports existant entre sa parente et le notaire. Il vit là-dedans une intarissable source de profits et se mit à faire chanter don Isidoro. Il y a trois ans, il exigea d'être engagé comme clerc à Folignazzaro, car sachant l'existence d'Agnese, il avait décidé de devenir le gendre de sa victime. Voilà pourquoi contre la volonté de sa fille, de sa femme, contre l'opinion de Folignazzaro, le notaire imposait à son enfant un mariage monstrueux. On peut penser que don Isidoro n'était pas très fier de lui et qu'il haïssait Talamani. Sans s'en douter le moins du monde, Amedeo en flanquant une râclée au maître chanteur allait fournir au notaire une occasion de se débarrasser de son bourreau. Il est bien parti, en effet, chercher une arme, mais pas un revolver, un couteau. Quand il revint sur les lieux du combat, Talamani gisait à terre, sans connaissance. L'occasion s'offrait à Maître Agostini de se délivrer et de délivrer sa fille. Il poignarda Talamani. Je ne pense pas qu'il ait agi avec préméditation. Il a perdu la tête. Voilà toute l'histoire, mes amis.

Timoleone bouleversé, s'enquit :

— Mais, contre vous?...

— Lorsque le notaire a su mon départ pour Milan après ma visite à Gelsomina, il a compris qu'il avait tué cette dernière pour rien. Il lui fallait me supprimer, mais au moment de frapper, il a eu honte, peur. Il s'est montré maladroit et s'est enfui sans avoir le courage de constater ma mort. Et maintenant, laissez-moi me reposer. Signor inspecteur, tâchez d'arrêter Agostini le plus discrètement possible à cause d'Agnese et de dona Desiderata. Ce sont des victimes elles ausi.

Sur le chemin les ramenant à la maison des carabiniers, les trois hommes rencontrèrent Busanela venant leur annoncer que maître Agostini s'était suicidé. Timoleone poussa un soupir de soulagement :

— J'aime mieux ça...

Après avoir pris congé du maréchal, de Rossatti, de Busanela, Matteo Cecotti gagna sa voiture pour retourner à Milan. Devant le café de Cortivo, un groupe de jeunes filles l'attendait. Il reconnut Teresa, Sabina, Eufrasia, Clara et Adelina. Il eut un mouvement de recul, mais elles l'entourèrent et Adelina, au nom de toutes, lui demanda pardon. Il les assura qu'il ne leur en voulait point car elles lui avaient évité une gaffe. Pour le remercier de sa gentillesse — toujours au nom de toutes

— Adelina l'embrassa et en profita pour lui chuchoter à l'oreille :

— Excusez-moi aussi pour la scène que vous a joué Cristoforo... pourtant il y avait quelque chose de vrai dans ce qu'il vous a dit mais il ne le savait pas.

Sur la route cahotante le menant à Domodossola d'où il filerait sur Milan, Cecotti roulait doucement. En dépit de leur démarche, il gardait un souvenir épouvanté des filles de Folignazzaro et pourtant, au fond du cœur, il savait qu'il se mentait et qu'il ne tarderait pas à revenir à Folignazzaro, ne serait-ce que pour demander des explications complémentaires à la jolie Adelina.

Le Club des Masques

CARR J.D.
604 Le sphinx endormi
605 La maison de la terreur
606 Trois cercueils se refermeront
607 Les yeux en bandoulière
616 La chambre ardente
617 Le lecteur est prévenu
618 La mort en pantalon rouge
619 On n'en croit pas ses yeux
626 Arsenic et boutons de manchette
627 Mort dans l'ascenseur
628 L'homme en or
634 La police est invitée
635 Suicide à l'écossaise
636 Patrick Butler à la barre
CASSELLS John
465 Solo pour une chanteuse
CHRISTIE Agatha
(86 titres parus, voir catalogue général)
EXBRAYAT
(97 titres parus, voir catalogue général)
GRISOLIA M.
638 Les sœurs du Nord
639 L'homme aux yeux tristes
640 La madone noire
HITCHCOCK DÉMASQUE...
1000 Une double ruse
1001 Un crime presque parfait
1002 Horace et les voraces
1003 L'abomination
1004 Le procès dans un miroir
1005 Le dernier plagiat
1006 Le mort ambulant
1007 L'homme aux serpents
1008 Un plat qui se mange froid
1009 Le sourire des gendarmes
1010 L'homme qui tua Jesse James
1011 Un sujet brûlant
1012 L'instruction incivique
1013 Un mauvais caractère
1014 Un piège à punks
1015 Un sale tour-d'écrou
1016 Un sport de bon rapport
1017 Un péché capital
LOVESEY P.
609 Le Medium a perdu ses esprits
610 Le Bourreau prend la pose
RENDELL Ruth
451 Qui a tué Charlie Hatton?
501 L'analphabète
510 La danse de Salomé
551 Le petit été de la Saint-Luke
601 Morts croisées
602 Le lac des ténèbres
603 Une amie qui vous veut du bien
617 Ces choses-là ne se font pas
623 Son âme au diable
624 Fantasmes
625 Qui ne tuerait le mandarin?
631 La banque ferme à midi
632 Et tout ça en famille
633 Un amour importun
STEEMAN Stanislas-André
586 L'assassin habite au 21
587 Six hommes morts
588 Le condamné meurt à 5 heures
589 Légitime défense (Quai des Orfèvres)
590 Le trajet de la foudre
592 La nuit du 12 au 13
594 Le mannequin assassiné
596 Un dans trois
600 La morte survit au 13
608 Le démon de Sainte-Croix
613 Que personne ne sorte (Six hommes à tuer)
614 Poker d'enfer
629 La maison des veilles
630 Haute tension
637 Feu Lady Anne *(nov. 94)*
TERREL Alexandre
611 Le Témoin est à la noce
612 La morte à la fenêtre

Les Intégrales du Masque

BUCHAN John
tome 1

CARR J.D.
tome 1 - Dr Fell 1 1933-1935
tome 2 - Dr Fell 2 1935-1939
tome 3 - Merrivale 1

CHRISTIE Agatha
tome 1 - Les années 1920-1925
tome 2 - Les années 1926-1930
tome 3 - Les années 1930-1933
tome 4 - Les années 1934-1935
tome 5 - Les années 1936-1937
tome 6 - Les années 1938-1940
tome 7 - Les années 1940-1944

DELACORTA
tome 1

DEMOUZON
tome 1

EXBRAYAT
tome 1 - Les Imogène
tome 2 - Les Tarchinini
tome 3 - Le tour d'Europe

GOODIS David
tome 1
tome 2

HIGGINS Jack
tome 1

HITCHCOCK Alfred
tome 1

MORTON Anthony
tome 1 - Le Baron 1
tome 2 - Le Baron 2

RENDELL Ruth
tome 1 - Les Wexford
tome 2 - Les années 1965-1979
tome 3 - Les Wexford/2

RICE Craig
tome 1

STEEMAN
tome 1
tome 2
tome 3

VÉRY Pierre
tome 1
tome 2

IMPRIMÉ EN FRANCE PAR BRODARD ET TAUPIN
Usine de La Flèche (Sarthe).
ISBN : 2 - 7024 - 0860 - 5
ISSN : 0768 - 0384

H 31/0434/6